Un Noël
chez les
Zemmouri

Sabrina Kassa

Un Noël chez les Zemmouri

ROMAN

Emmanuelle Collas

Couverture & intérieur: Cheeri
Photographie de la jaquette:
© Orbon Alija/E+/Getty Images

Éditions Emmanuelle Collas
SAS Emmanuelle Galaade éditeur
3, place André Malraux
75001 Paris, France

« Je m'appelle Karim Amir,
et je suis anglais de souche,
enfin presque. »

Hanif Kureishi,
Le Bouddha de banlieue

« La seule chose dont on puisse
être sûr au sujet des autres,
c'est qu'on ne sait jamais
rien d'eux. »

Jonathan Tropper,
C'est ici que l'on se quitte

Mima Ounessa

Dans une semaine, c'est Noël. Et Mima Ounessa se demande comment elle va faire pour trouver le courage d'annoncer la nouvelle à ses enfants. Mais, avant de réussir cet exploit, il lui faut en accomplir un autre : les réunir chez elle, à la même heure, et en pas trop mauvais état. Un jour ici, un jour là, peut-être, peut-être pas, à les écouter, on pourrait croire qu'ils sont tous devenus ministres des transports.

Sans la moindre gêne, Lila lui annonce par téléphone qu'elle ne sera pas là pour les préparatifs.

« Désolée, maman, je suis sur un shooting. Je ne peux vraiment pas me permettre de m'absenter, avec toutes ses sorcières qui rôdent et guettent ma place. Et puis, tu te souviens, je viens avec Léa cette année...

— Ah oui, *meskina*, la pauvre, elle est toute seule !

— En plus, elle a tout son temps. Elle sera là en fin de matinée. Je lui passerai ma voiture, donc si tu veux, pas de problème, elle fera les courses avec Rania ou Mokhtar. Mais on est d'accord, hein ? Vous ne la laissez pas faire toute seule les courses...»

Mima lui pardonne son absence, mais elle raccroche de mauvaise humeur. Pour faire passer son agacement, elle se sert un verre de thé à la menthe. Elle n'est pas du genre autoritaire, mais parfois, un rien peut la mettre en rage. Elle demande si peu d'efforts à ses filles ! Pour retrouver son calme, debout

devant l'évier, elle boit maintenant deux petits verres d'eau et s'en sert un troisième pour la route. Tout en se dirigeant vers le salon, elle siffle entre ses dents : « Cette Lila n'est vraiment pas raisonnable, pire qu'une Française...»

Seule la touffe de cheveux d'Eva, enfoncée dans un fauteuil, apparaît derrière l'imposante biographie de l'émir Abdelkader. C'est son père qui la lui a offerte l'année dernière pour ses 17 ans, avec un petit mot d'encouragement :

Lis ce livre quand tu n'arriveras plus à comprendre pourquoi les Algériens aiment tant la France, après tout ce qu'ils ont subi de ce pays. Ton papa, Aïssa

Le front plissé, Eva lève mollement les yeux vers sa Mima adorée. Elle l'a bien entendue marmonner quelque chose mais, à sa mine, elle comprend vite qu'il n'y a rien à faire. Alors, sans broncher, elle replonge dans les terribles mésaventures de l'imminent guerrier devenu philosophe.

Mima Ounessa pose son verre d'eau, s'assied sur le nouveau canapé encore enveloppé de plastique et se met à égrener avec nervosité son calepin téléphonique qui comporte uniquement les numéros de ses enfants et celui de l'épicerie qui la livre en légumes le jeudi.

Après Lila, sa benjamine, elle appelle Rania. Elle viendra seule cette année, son mari est invité à un colloque à Copenhague.

En revanche, Mima n'a pas l'intention d'appeler Mokhtar, le jumeau de Rania. Ni son fils aîné, Aïssa, le père d'Eva, car elle sait d'avance qu'il ne répondra pas : son téléphone ne lui sert qu'à appeler, jamais à recevoir d'appels. En plus, pour préparer le repas de Noël, Mima ne veut s'entourer que de femmes, même incompétentes. Depuis son arrivée en France, elle a accepté de fêter Noël tous les ans, avec la dinde, la bûche et les petits cadeaux, mais il ne faut pas l'ennuyer avec la parité et « tout le tintoin ». Ni avec le sapin de Noël d'ailleurs.

Mima Ounessa a pu joindre Rania, qui lui a promis de prévenir Mokhtar pour qu'il dise à sa femme, Caroline, une espèce de *mahboula* convertie à l'islam depuis peu, que sa présence était la bienvenue. Et, bien sûr, elle a demandé à Eva d'être là. Mais, avec elle, ça n'a pas fait un pli. Il a suffi que «sa petite» la regarde dans les yeux pour comprendre que c'était important.

Depuis quatre mois, Eva habite chez Mima. À la mi-août, quand elle lui a dit qu'elle en avait «trop marre» de vivre avec ses «zombies» de parents, mariés mais

séparés, séparés mais vivant sur le même palier, Mima s'est empressée d'aménager son *cafoutch* pour en faire une chambre agréable.

Le *cafoutch*, c'est là qu'elle entrepose toutes les choses qui normalement devraient aller à la poubelle, des planches à repasser hors d'usage, des meubles cassés et un tas d'objets qu'elle a en double, voire en triple. Mais quand Eva lui a demandé l'hospitalité, comme par miracle, sans la moindre hésitation, Mima a tout jeté. Elle était si heureuse.

Avec Eva, tout est si simple.

«Il faut que tu participes aux préparatifs cette année. Maintenant, tu es une femme, Eva. Et tu es la seule à avoir une ligne directe avec Aïssa, notre "prophète" à tous...», lui a-t-elle dit d'un air sérieux.

La seconde d'après, elle s'est mise à glousser comme une gamine. Eva s'y attendait. Chaque Noël, Mima trouve le moyen de lui rappeler que « Aïssa » ça veut dire « Jésus » en arabe. Comme si elle pouvait l'oublier...

Mais ce Noël ne sera pas comme les autres. Mima a une grande nouvelle à annoncer et elle compte profiter de cette journée de cuisine pour s'assurer de son emprise sur les femmes du clan. Une première étape avant le plus important : l'assentiment de ses fils !

Une fois ses coups de fil passés, Mima Ounessa se lève de son canapé. Même s'il n'est que 18 heures, elle déroule les stores vénitiens de sa chambre et se réfugie dans son royaume, la salle de bains.

Mima a toujours fait attention à son confort. Sa cuisine, qu'elle fait repeindre tous les deux ans, est une merveille. Tout y est fonctionnel et à sa place. Quant à sa chambre, où seul son lit trône au centre, elle exhale, été comme hiver, un doux parfum de senteurs orientales. Mais quand elle a besoin de réfléchir, c'est sans hésitation dans son royaume qu'elle part se réfugier. Une belle pièce de vingt mètres carrés, en plein cœur de l'appartement, avec la cuisine, la chambre et le salon emboîtés tout autour. On dirait une rose des sables.

Ce qu'elle aime par-dessus tout, ce sont les couleurs apaisantes de la faïence blanche aux arabesques vertes qu'elle a rapportée tout spécialement d'Algérie. Mokhtar l'a posée voilà deux étés – non sans mal. Il avait déjà recouvert près d'un tiers de la surface quand

Mima s'est aperçue qu'il s'était trompé de sens. Les carreaux mis côte à côte devaient former une phrase : « MON ROYAUME ». Et, comme personne n'écrit l'arabe dans la famille, elle avait demandé au vendeur de Sétif de ranger la faïence dans l'ordre. Mais Mokhtar, avec sa veine habituelle, avait ouvert le paquet du mauvais côté. Résultat : quand Mima avait appelé le fils du marchand de légumes pour qu'il vienne « faire une petite traduction », elle avait découvert l'étendue des dégâts. Le jeune homme, se retenant d'éclater de rire, lui avait gentiment tapoté l'épaule en murmurant : « C'est pas grave, c'est joli quand même ! » Le geste était de trop. Ça l'avait exaspérée, presque autant que l'erreur de Mokhtar. En serrant les dents mais sans broncher, son fils avait tout enlevé, repassé une commande au bled et posé les carreaux dans le bon sens. Quand Mima sortait son regard des mauvais jours, mieux valait ne pas lui résister trop longtemps. Son fils la connaissait par cœur et, même si poser du carrelage n'était pas vraiment son truc – Mokhtar était un crac de l'informatique, pas du mastic –, il s'était exécuté comme un bon petit soldat.

Ce soir, c'est jeudi.

Comme d'habitude, Mima n'a qu'une seule envie, se détendre et réfléchir. Surtout ne plus cuisiner. Elle vient de passer sa journée à préparer un couscous aux cardons pour le dîner et un ragoût d'agneau pour le déjeuner, qu'elle partagera demain avec Eva, Mokhtar et sa femme, Caroline. Elle est fière d'elle, tout est prêt, le tagine a juste besoin de mijoter.

Malgré ça, Mima pénètre dans la salle de bains avec sa tête des mauvais jours. Dans une semaine, c'est Noël. À cette seule idée, son souffle s'accélère. C'est loin et tout proche à la fois. De toute façon, le temps ici est détraqué, elle a l'impression de lui courir sans cesse après.

Pour se calmer, elle enclenche le brumisateur offert par ses filles, l'année du carrelage. Mima l'utilise rarement : le prix des huiles essentielles est d'une telle extravagance ; et surtout, il est associé aux jours de grand remue-méninges.

Elle se hisse sur la pointe des pieds et sort de l'armoire son petit attirail beauté : la boîte de *sabon beldi*, le savon noir ; le *kessa*, le gant râpeux qui enlève si bien les peaux mortes, et enfin quelques copeaux de *ghassoul*, ce trésor oriental qui adoucit la peau et fait briller les cheveux. Elle pose délicatement le tout sur le tabouret près de la baignoire.

Faire les choses lentement, rester calme : tout l'art du bain se joue dans ces premiers gestes. Enfin, elle peut respirer. Apaisée par les effluves du bois de cèdre, Mima se décide à ôter son foulard et, sans même se regarder dans le miroir, fait glisser les deux barrettes qui retiennent son chignon.

Tout est grand et majestueux dans la salle de bains, à l'exception du miroir minuscule, et même pas dans l'axe du lavabo. Pour s'excuser, elle dit souvent à ses enfants: «Le miroir, c'est pour vous, quand vous venez me voir. Moi, je me connais bien assez comme ça...»

Sa chevelure est désormais si clairsemée qu'elle tient au creux de sa main. Rania, dans un moment de bonté, lui a fait un henné au printemps dernier. Ça commence à dater, à présent. Elle se dit qu'il serait temps d'en faire un autre. Elle souffle:

«Ah là là, mes belles années, comme vous êtes loin...», mais se reprend vite en adressant un sourire à son reflet.

Puis elle brosse avec soin la pointe de ses cheveux.

Ounessa a une conception particulière de la vie qu'elle aime à répéter chaque fois qu'elle entend ses copines se plaindre du temps qui passe.

«Jeune, j'étais belle et prisonnière de ma famille, de ma culture et du racisme. Vieille, je ne suis plus un enjeu pour personne, je suis autonome. Dites-moi un peu pourquoi je devrais regretter mon existence de prisonnière?»

À ce stade de sa tirade, elle affiche un sourire espiègle et supérieur devant ces amies toujours un peu médusées par son audace. Mais, depuis quelque temps, son regard la trahit, et ses pauses prolongées devant la fenêtre résonnent comme un aveu. Cela inquiète ses enfants. Malgré ses airs bravaches, ils savent qu'il lui manque quelque chose pour être pleinement heureuse.

Elle fredonne à présent un air de *bendir*. L'air des grands départs et des nouvelles alliances. Le souvenir de la vibration sourde du tambour réussit à calmer ses nerfs. Le temps s'étire. La vapeur envahit la pièce, elle a chaud. Ounessa décide d'enlever sa *gandoura*, mais garde sa fine combinaison en coton. Elle monte les deux petites marches, pose les fesses sur le rebord de la baignoire, et hop ! la voilà de l'autre côté.

Elle ouvre le robinet, laisse couler un filet d'eau sur ses pieds endoloris. Quel bonheur ! Délicatement, elle verse quelques gouttes d'huile d'argan que Léa, la nouvelle copine de Lila, lui a offerte à l'occasion de son premier couscous à la maison. Décidément, cette Lila lui en fait voir de toutes les couleurs. Depuis qu'elle n'est plus avec son squelettique et très antipathique mari, dont la spécialité était de déballer à table tous les risques sanitaires liés aux ingrédients contenus dans les plats, elle vit collée à cette Léa. Une jolie petite brune aux yeux bleus mais tellement étrange avec ses yeux maquillés à l'égyptienne et sa coupe d'Iroquois. Peut-être que Lila n'aime plus les hommes… Peut-être que… Mais avant qu'une idée plus précise se forme dans son esprit, Mima hoche la tête en se promettant d'y réfléchir plus tard. Puis, comme une gazelle encore gracile malgré ses soixante-dix ans, elle s'assied délicatement au fond de la baignoire, où l'attend une eau perlée d'huile d'argan.

Ounessa a toujours été inquiète pour ses enfants. Pourtant, elle les a tous eus sans se poser la moindre question. Ils sont venus, voilà tout. Mais un jour particulièrement pesant et triste où la vie semblait lui fermer toutes les portes, elle s'est réfugiée dans le hammam d'un quartier voisin. C'est là, dans cette douce pénombre, qu'elle s'est juré à elle-même et à la petite Lila qui logeait dans son ventre qu'elle allait quitter son pays.

Mima n'est pas partie de chez elle pour fuir la misère. Loin de là. Où qu'elle soit, elle a toujours eu le don de vivre avec élégance, en s'accommodant des petits riens. Non, son problème à elle était bien plus complexe : elle a fui Alger pour éloigner son mari de l'ensorceleuse Fatima.

Cette belle et douce voisine venue d'Annaba s'était réfugiée chez des parents à Bab el-Oued pour oublier un mariage malheureux. Quand elle était arrivée dans le quartier, Ounessa n'y avait vu que du feu. Elle l'avait reçue plusieurs fois à l'heure du thé. Elle lui avait même prêté des parures et des tenues de mariage. Cette jeune voisine était si charmante et si gentille que Mima avait préféré fermer les yeux devant les premiers regards de son mari en direction de ses fenêtres. Mais les mois étaient passés. Et la vilaine intuition s'était transformée en certitude.

Son mari ne dormait plus, ou presque, il ne faisait que grignoter et ne s'attardait plus à table pour discuter de tout et de rien. Il semblait prisonnier d'un rêve et, bien sûr, il ne regardait plus Ounessa. Elle avait beau être câline et attentionnée, il restait fermé et distant comme s'il ne l'avait jamais aimée. Même son fameux *baklawa* n'avait plus aucun effet sur lui.

À force d'entendre les commères du quartier lui rapporter que les allées et venues de son mari étaient toujours suivies de près par celles de Fatima, Ounessa avait fini par perdre le moral. Elle avait alors pris des formes de *mamma* que ses deux grossesses, dont une de jumeaux, ne lui avaient pas encore dessinées. Elle était malheureuse et se sentait prise dans un piège maléfique. Ses voisines souriaient, et sa belle-famille s'enorgueillissait sournoisement. Un homme puissant n'a-t-il pas toujours des maîtresses ?

Mima était fille unique. Elle ne pouvait compter sur personne pour obliger son mari à revenir vers elle. Mais la roue avait tourné.

Un de ses cousins, installé dans le quartier de Belleville à Paris, les avait appelés pour proposer à son époux de l'embaucher dans le restaurant qu'il venait d'ouvrir. En outre, elle avait découvert qu'elle était de nouveau enceinte. Une nuit, en effet, au retour des noces d'une cousine, son mari, heureux et grisé par le whisky, lui avait fait l'amour – en pleurant… Mima avait néanmoins reçu la nouvelle comme un signe divin de délivrance. Un signe qui l'invitait à cesser de se lamenter sur son sort et à aller de l'avant, coûte que coûte. Partir, oui, partir et surtout arrêter de gémir.

Depuis ce jour, elle n'avait pas démérité. Elle était restée debout, même quand la vie lui avait joué de mauvais tours.

Après la mort de son mari dans un banal accident de la route, tout juste cinq ans après leur arrivée en France, elle avait dû faire face seule. Les policiers lui avaient rapporté qu'il s'était fait faucher par un camion, mais les mauvaises langues répétaient à l'envi que c'était un suicide parce qu'il était trop malheureux de ne plus voir Fatima. Dans tous les cas, il était mort sur le coup, et Mima Ounessa avait failli trépasser de douleur. Elle s'était sentie encore plus coupable que si elle avait étranglé son mari de ses propres mains. Heureusement, son cousin l'avait fait travailler dans son restaurant – en réalité dans sa propre cuisine de la rue Sainte-Marthe car elle préparait tout chez elle, et sa souffrance s'était noyée dans le labeur. L'urgence de protéger sa famille l'avait sauvée du désespoir de vivre pour la première fois par elle-même. Dès lors, un grand silence intérieur l'avait envahie, et les mots ne lui étaient plus d'aucun secours.

Mima était devenue un pilier de famille exemplaire. Organisée, douce et obstinée, elle avait tout fait pour que la vie reprenne ses droits. Avec ses méchouis, ses couscous et ses *makroud* aux amandes, personne n'avait pu lui résister. C'était aussi grâce à ses gâteaux et à son fameux couscous aux cardons que tous ses enfants avaient reçu des cours privés de français, d'anglais et même de piano. Oui, parce qu'un de ses voisins était pianiste, en plus d'être accro aux *makroud*. « Les voisins sont vos pires ennemis ou vos meilleurs amis. Dans tous les cas, ce sont des gens à bien connaître », répétait-elle souvent à ses enfants. Et elle savait de quoi elle parlait.

Le bas de son corps s'est désormais habitué à la température de l'eau. Elle ferme les yeux et s'allonge confortablement dans la baignoire. Le temps s'étire de nouveau.

Elle a six ans, court vite en relevant sa jupe malgré les sifflements de sa tante Khadija qui lui lance de la fenêtre : « *Ya garçonna, artik a darba !* Espèce de garçon, tu mérites des coups ! » Quand on est une fille, on ne court pas comme ça, en transpirant et en respirant fort. Mais la petite Ounessa, la préférée du patriarche, celle qu'il appelle tendrement « Mima » parce qu'elle a les mêmes yeux que sa propre grand-mère, sait bien qu'elle peut faire ce qui lui plaît, même courir comme une diablesse derrière le bébé renard qu'elle vient d'apprivoiser ou danser et pourquoi pas chanter. Elle sait que le plus important aux yeux de son grand-père, ce ne sont pas les bonnes manières mais la lecture. Il n'a rien d'un fanatique, mais il a toujours pris au pied de la lettre la 96e sourate du Coran qui ordonne de lire. *Iqra !* Lis ! Deux de ses fils lui procurent un immense plaisir car, malgré leurs défauts – l'un est gourmand et l'autre violent –, ils ont le goût de l'étude et de la réflexion. Le grand-père est fier d'eux. Plus que ça, c'est un homme comblé. En revanche, ses quatre filles, bien que jolies et pour certaines plutôt gentilles, il les trouve bêtes et superficielles. Aussi ne l'intéressent-elles pas et les échanges entre eux sont-ils brefs et limités aux questions du quotidien.

Seule sa « petite Mima » attire son attention, il apprécie son calme et sa capacité à contempler la nature. Quand sa mère est morte, elle avait tout juste deux ans. Depuis, c'est lui qui s'occupe d'elle car elle ne voit son père que de temps à autre.

Le rituel est toujours le même. Vers 17 heures, le grand-père rentre de sa journée de travail. Il se lave les mains, le visage, le cou, les pieds à la fontaine du patio et se dirige vers la terrasse. Il fait sa prière, puis va s'asseoir sur des matelas à l'ombre des oliviers en attendant qu'une de ses filles lui apporte le thé et les pignons. Ainsi, tout doucement, il se défait de ses soucis du jour. Ounessa attend à un coin de la terrasse, avant de s'approcher de lui à pas de loup. Pour ne pas l'importuner, elle ne prend jamais la parole la première. Mais s'il tarde trop, elle gigote et fronce les sourcils en faisant mine de lire quelque chose de très compliqué. De sa voix grave, il finit toujours par lui demander : « Dis-moi, Mima, qu'as-tu appris d'intéressant aujourd'hui ? » Il la fait parler en l'obligeant à exercer sa logique et à manier la *darja*, la langue du pays, avec dextérité. Puis, ensemble, en silence, ils regardent les couleurs du jour se métamorphoser en orange et en bleu-vert avant de se fondre dans la nuit. « Celui qui sait recevoir saura donner », lui dit-il. Au coucher du soleil, ils descendent au salon, où les tantes et les oncles les attendent pour dîner.

C'est ainsi qu'Ounessa a grandi, lovée dans l'amour de son grand-père. Un amour si vaste que jamais elle ne pensait en être privée un jour.

Ce souvenir lui coupe le souffle. De sa paume gauche, Ounessa se presse la poitrine pour essayer de retrouver une respiration normale. Au bout de quelques minutes, elle est de nouveau calme et se met à rêver à voix haute :

« Je veux que les enfants fassent quelque chose de cet héritage ! »

Elle a bien conscience de l'énormité de la tâche. Durant de longues années, ne leur a-t-elle pas dit qu'ils étaient de bons petits Français et rien d'autre ? Le passé est parfois si lourd à porter.

Comment leur expliquer à présent qu'ils vont devoir parlementer sans fin avec des fonctionnaires véreux pour récupérer un simple formulaire, que les filles vont devoir systématiquement se faire accompagner d'un de leurs frères ou d'un homme quelconque pour obtenir un peu de respect ? Et surtout, comment leur faire aimer son passé à elle ?

Elle vient de recevoir une lettre du notaire lui annonçant que tous les biens de son père sont désormais à son nom. Elle est sa fille unique, sa seule héritière. Mais le fils de sa deuxième femme ne le voit pas de cet œil et compte bien remporter la mise du seul fait qu'il est un homme.

À la mort du père d'Ounessa, il y a plus de vingt ans, ce petit salopard a corrompu des avocats et même des juges pour se faire passer pour son demi-frère. Mima a dû se battre comme une lionne pour défendre ses droits. Ce pays l'a rendue presque folle. Même les voisins demandaient à être payés pour témoigner. Mais aujourd'hui, elle a enfin un papier, qu'elle doit certes faire valider par le cadastre de Sétif, mais un papier officiel tout de même.

Elle compte attendre Noël pour annoncer son départ à ses enfants. Qui sait, Jésus lui viendra peut-être en aide ! Elle ferme les yeux et, le poing droit serré sur la poitrine, invoque l'aide de Dieu. Après une bonne dinde, oui, c'est sûr, ils comprendront mieux !

Lila et Mima

Mima a vu Lila en coup de vent la semaine passée. Sa fille lui a laissé une drôle d'impression. Elle parlait vite, sans respirer et en employant beaucoup trop de mots anglais. Les *shooting*, les *book*, les *boss*, il y en avait tellement dans chaque phrase que ça lui avait donné le tournis. Surtout, Mima ne comprenait rien à son univers fait d'images, de vernissages, de bourses, de prix... Justement, c'était ça le problème : le prix que Lila avait reçu à Arles et qu'Ounessa n'avait pas pris la peine de célébrer, ni en se déplaçant dans le Sud, ni en organisant un couscous chez elle avec ses copines et les voisins.

Mima sent bien que sa fille n'est pas heureuse depuis quelque temps et qu'elle l'évite, ne lui laissant que de brefs messages sur le répondeur. Mais elle était loin de penser que c'était elle la source du problème.

Mima pourrait pourtant s'en douter. Toute petite déjà, Lila était capable de s'enfermer dans un placard pendant de longues heures quand elle lui en voulait. À sa première longue bouderie, Mima l'avait cherchée pendant presque une demi-journée, avant que Rania ne la retrouve dans l'armoire du salon, cachée derrière les manteaux d'hiver. Mima avait tellement paniqué qu'elle avait appelé les pompiers, convaincue que sa fille s'était réfugiée sur le toit de l'immeuble en passant par l'échelle de la cage d'escalier. Bien sûr,

les pompiers n'avaient rien compris à son histoire. Comment une fillette de sept ans aurait-elle pu ouvrir une trappe toute seule, alors que sa mère n'y arrivait pas ? « Je ne sais pas, c'est une petite diablesse, elle a peut-être posé une pierre ou un objet lourd dessus pour nous empêcher de l'ouvrir. Moi, je n'y arrive pas mais, vous, vous êtes des hommes, vous allez réussir à la soulever, j'en suis sûre... », leur avait-elle rétorqué. Puis la discussion avait tourné court quand Rania avait ouvert la porte de l'armoire du salon ! Les yeux écarquillés et le doigt pointé sur les manteaux, elle avait fait comprendre à sa mère que Lila y était cachée. Comme Mima n'était pas du genre à se dégonfler, sans hésiter et sans exprimer la moindre émotion, elle avait fait volte-face à la vitesse de l'éclair. « Mais oui, monsieur, vous avez raison, elle est sûrement allée chercher du lait à l'épicerie... » Et elle avait raccroché aussi sec.

Puis elle s'était approchée de l'armoire et avait pleuré de soulagement. Après avoir serré Lila dans ses bras, elle l'avait pressée de questions pour connaître les raisons qui l'avaient poussée à choisir comme cachette un placard suffocant et plein de poussière. Mais la petite n'avait pas su répondre.

Ce n'est que plus tard dans la soirée, tandis qu'elle était dans la salle de bains avec Rania que Mima avait appris le motif de cette bouderie. Lila lui en voulait à mort d'avoir refusé, la semaine précédente, d'accompagner sa classe en forêt, alors qu'elle venait d'accepter le matin même de faire une centaine de petits *makroud* aux amandes pour la fête de fin d'année du club de foot de Mokhtar.

Lila avait fini par cracher le morceau à sa grande sœur, après des heures de câlins. Elle lui avait fait jurer sur « la tête du Coran » qu'elle ne le répéterait à personne, mais Rania ne s'était pas sentie obligée de respecter son engagement, vu que la tête du Coran, ça ne voulait rien dire et que ni l'une ni l'autre ne respectaient les préceptes musulmans.

Dès le lendemain, Mima avait essayé de rectifier le tir en donnant à Lila des *makroud* pour sa classe. À force, sa fille avait fini par accepter les gâteaux mais de mauvaise grâce, car ce qu'elle voulait, ce n'était pas régaler sa maîtresse et ses amis, non, ce qu'elle désirait au plus haut point, c'était que sa mère soit présente à la prochaine sortie scolaire. Comme les mamans de ses copines, tout simplement. Pour la calmer, Mima lui avait dit : « L'école, c'est pour toi, pas pour moi, ma fille. Je préfère ma cuisine, c'est là que je me sens bien. Vas-y, toi, sors avec ta maîtresse. Mais, un jour, *wallah*, promis, je viendrai... » Lila ne l'avait pas crue mais s'était accrochée, malgré elle, à cette vague promesse.

« Pourquoi, ma petite chérie, tu t'énerves comme ça ? Tu sais bien que je t'aime.

— Ah ! L'amour, oui, c'est ça l'amour, comme si ça suffisait pour tout justifier, et surtout pour ne pas me respecter. Et, s'il te plaît, maman, arrête de m'appeler "ma petite", tu sais bien que ça m'énerve...

— Ok, ma grande, alors...

— Tu m'énerves !

— Quoi que je fasse de toute façon, je t'énerve. Tu n'as pas changé, Lila, tu ne voudras jamais m'accepter comme je suis... »

Lila expire lentement pour ne pas perdre son sang-froid. Elle a mis plus de deux mois à trouver le courage de venir lui parler, il n'est pas question de s'arrêter là. Sa mère a vraiment le don de retourner la situation ! Après cinq ans de psychanalyse intensive au rythme de deux séances par semaine, elle sait enfin mettre des mots sur LE défaut de Mima : l'art de faire culpabiliser l'autre.

Sa mère feint de ne pas être troublée et, mine de rien, continue d'essuyer la table qui n'en a pourtant pas besoin.

« Maman, souffle Lila.

— Oui, ma fille...

— Est-ce que tu peux comprendre que je suis vexée par ton manque d'intérêt pour mon travail et pour ma réussite, alors que tu passes ton temps à prendre des nouvelles de Mokhtar dès qu'il met un pied dehors ? Tu te rends compte que tu m'appelles parfois juste pour prendre de ses nouvelles ? »

Mima fait la grimace, mais ce n'est pas vraiment à cause de la remarque de Lila. Depuis deux heures, elle attend un appel de Mokhtar pour savoir comment s'est déroulé son entretien d'embauche.

Lila lui tourne le dos et regarde nerveusement les gens déambuler dans la rue Sainte-Marthe. Mima l'observe discrètement. Elle a vraiment du mal à comprendre pourquoi sa fille se met dans des états pareils. Mokhtar est fragile et sans le sou depuis six mois, il est bien normal qu'elle s'inquiète. Furtivement, elle jette un coup d'œil à son téléphone pour voir si elle n'a pas reçu un message. Et là, miracle ! Au même instant, un SMS de Mokhtar illumine son écran d'un

Hourra !!! Elle expire lentement et, les yeux mi-clos, laisse la bonne nouvelle irradier dans tout son être.

Mima est aux anges.

Lila se retourne et lui jette un regard froid. Si glacial que sa mère se ressaisit en une fraction de seconde.

« Tu es injuste, ma fille, je suis très fière de toi. Je n'ai pas arrêté de parler de ton prix à mes copines. Et si ça te fait plaisir, bien sûr que je vais faire un grand couscous pour tes amis, les voisins et toute la famille. Je crois qu'on va bientôt avoir d'autres bonnes nouvelles. On va pouvoir organiser une grande fête... »

Lila ne peut pas comprendre les raisons du sourire radieux qu'affiche désormais Mima. En revanche, elle a saisi l'essentiel. C'est peine perdue ! Sa mère n'arrivera pas à comprendre ce dont elle souffre. Elles ne parleront jamais la même langue.

Après le départ de sa fille, Mima est restée de bonne humeur pendant un moment mais, très vite, une étrange sensation s'est immiscée en elle. Elle est soulagée – tous ses enfants ont de nouveau un travail – mais en même temps elle se sent frustrée. Leurs problèmes sont si incompréhensibles. Lila a reçu un prix. De combien ? Ça, elle ne le sait toujours pas. Ne serait-ce pas à elle de régaler toute la famille et même de lui en donner une part ?

Pour ne pas sentir la solitude s'abattre sur elle, Mima allume la télé sans mettre le son. Elle soupire de dépit et regarde défiler les images. D'habitude, ça la détend. BFM passe en boucle une vidéo amateur sur Donald Trump, le nouveau candidat à la Maison Blanche. Il ne se passe pas grand-chose, on le voit juste discuter. Sur le bandeau, en bas de l'image, une phrase défile : *Quand on est une star, elles nous laissent faire. On fait tout ce qu'on veut... On peut attraper les femmes par la chatte.* Mima n'en croit pas ses yeux, c'est une plaisanterie ou quoi ? Ils vont choisir cet âne comme président, les Américains ? Quel goujat ! Elle monte le son pour écouter les journalistes commenter la nouvelle du jour. Ils ont l'air d'avoir pris un coup sur la tête : les hommes gardent les bras croisés, les femmes font une tête bizarre.

Quelles conséquences aura cette vidéo sur la bataille électorale entre Trump et Clinton ? Hillary, elle s'en souvient bien, Mima. Ça lui avait fait de la peine de la voir se faire humilier devant la terre entière à cause des aventures de son mari... Elle écoute à présent avec attention ce que les journalistes racontent. Quoi ? D'habitude, ils adorent déblatérer sur les Arabes, leur vice et leur envie irrépressible de violer des jeunes filles. Mais là, non, pour ce clown violent avec de la paille sur la tête, ils font *zarma* que c'est de la politique, une « tactique grossière mais très efficace ».

Mima fronce les sourcils en secouant la tête, puis elle coupe le son d'un geste sec avant d'aller chercher le panier à linge rempli des chemises qu'Aïssa lui a déposées. De toute façon, avec ou sans le blabla des journalistes, le monde aussi lui est devenu incompréhensible.

Lila et Léa

Quand les femmes sont seules, elles inventent! Quelques jours avant l'inauguration, Lila a écrit un post sur Facebook pour inviter ses amis à boire un verre chez Maria Gantz. Elle y présente une série de photos de trois créatrices. L'une écrit sur un petit bureau dans sa chambre, coincé entre deux bibliothèques, l'autre médite dans les bois et la troisième fait de la peinture éphémère sur les murs de son salon. Le livre de Lila propose une déambulation dans la vie secrète de chacune mais, pour l'exposition, elle a sélectionné seulement trois clichés pour ne pas déflorer trop brutalement leurs secrets. Lila n'a jamais aimé les gens qui se livrent trop facilement.

La galerie Gantz est l'endroit idéal pour cela à ses yeux. La lumière, le patio couvert... Et surtout cet air hypnotique qui flotte autour de Maria. La très riche Allemande se cache toujours derrière des tenues extravagantes et de grandes lunettes noires. Lila adore s'amuser avec elle. Elle rêve de saisir le jaillissement du feu de ses prunelles bleues. *Enlève tes lunettes, mets-toi à la lumière, tes yeux scintillent...* Son adorable mécène, hélas, n'est pas de cet avis, mais ne la rabroue jamais. Elle est de celles qui savent alimenter le suspens, c'est là tout son charme.

Par cette belle journée d'hiver, on se croirait presque au printemps. Maria a ouvert le toit, la galerie a des airs de cour mauresque. Lila se sent forte et aimée, elle a reçu une rafale de petits cœurs sur Facebook. Mais son sourire s'est brutalement effacé quand elle a reçu le message de son ex-mari, Alex, avec qui elle n'a plus aucune relation depuis qu'il a installé son atelier de graphisme en Normandie, à deux pas de chez sa mère.

C'est top! suivi d'un émoji qui sourit bêtement. Puis: *Viens dans mon patelin si tu veux, je peux t'organiser une expo à la mairie.* C'est la meilleure! Après des mois de négociations arides pour savoir qui allait garder l'appartement, il avait pris ses cliques et ses claques en son absence. Et, sans un mot, il avait résilié les contrats d'électricité, d'eau et d'Internet, et avait embarqué tous les meubles sous prétexte que c'etait lui qui les avait choisis. En arrivant chez elle, Lila avait trouvé toutes ses affaires emballées dans des sacs-poubelles. Oui, des sacs-poubelles!

Cet homme n'avait vraiment pas de cœur. Au bout de dix ans de vie commune, ce départ calamiteux l'avait laissée froide et meurtrie. La seule bonne nouvelle, c'était qu'elle ne l'avait pas pleuré bien longtemps, cet hypocrite qui se disait féministe alors qu'il crevait de jalousie de la voir s'épanouir comme photographe. Pas de regrets non, juste un goût tenace de cendre dans la bouche. Elle qui pensait avoir échappé au couple tel que l'entendait sa mère – « l'homme devant / la femme derrière » – elle s'était fourré le doigt dans l'œil. La réalité l'avait bien rattrapée !

Son corps, fatalement, en avait pris un coup. Son cœur, qu'elle croyait de taille à affronter toutes les dominations, s'était contracté en constatant que monsieur était prêt à tout pour avoir le dernier mot. Et puis, un matin, soudain, elle s'était sentie libre ! Elle avait ouvert une grande valise, rangé à l'intérieur tous les vêtements et babioles qui la rattachaient à lui et avait téléphoné à Emmaüs. *Bye bye* et bon vent ! Chez le coiffeur, elle avait demandé une coupe à la garçonne pour ne plus ressembler à cette meuf dépressive et moche qui attendait l'assentiment de son mec pour s'épanouir et, enfin, elle avait acheté des santiags, une petite veste en cuir, plusieurs jeans noirs et une collection de pulls en angora. Elle était prête à enfourcher la bête.

Lila souffle d'un coup sec et, d'un pouce rageur, supprime le message du pathétique revenant. Son expo dans sa mairie minable, il peut toujours rêver, elle ne mordra pas à l'hameçon. Qu'il aille au diable ! Elle se débrouille bien mieux toute seule. Même si, aux yeux du monde et surtout de sa mère, ça fait d'elle une femme perdue.

Mima, il est vrai, n'aime pas la voir sans homme. Ça l'inquiète. Mais, même en faisant des efforts, Lila ne trouve pas les mots pour la rassurer. Non, vraiment rien. À force de s'allonger chez le psy, Lila a fini par comprendre que si elle veut grandir, il faut qu'elle arrête de croire qu'elle peut combler sa mère. Mima vit dans un ailleurs qui lui est inaccessible. C'est triste mais c'est ainsi. Et, dans le fond, ce n'est peut-être pas plus mal. Ça lui ouvre de nouvelles perspectives.

Léa, son Iroquoise, habite chez elle depuis qu'elle s'est fait larguer par sa copine. Lila l'aime bien, même si elle la trouve parfois un peu collante. Léa squatte son salon, fait son ménage, ses courses, sort son chien plusieurs fois par jour et passe le reste du temps à la regarder avec un air d'enfant avide devant une vitrine à gâteaux. C'est trop... Elle lui a pourtant dit que ça ne l'intéressait pas, les femmes, mais Léa fait comme si ce n'était pas vrai et que viendra le jour où elle craquera de nouveau. Car oui, Lila a déjà fait l'amour avec Léa, ou plutôt elle s'est laissé faire.

Léa vivait chez elle depuis quelques semaines seulement. Lila trouvait sa présence agréable. Elle se sentait à l'aise avec elle. Un matin, Léa lui avait dit : « Essaie de rentrer tôt aujourd'hui, je vais te préparer un bon petit repas. Tu vas adorer… » En rentrant le soir, Lila avait vu les bougies parfumées et les rideaux à moitié baissés, mais elle n'avait pas tiqué plus que ça. Elle s'était servi un verre de vin et avait enclenché le CD de Yasmine Hamdan, la Libanaise à la voix langoureuse. Elle était joyeuse. « C'est cool ! Petite soirée entre meufs, bonne bouffe et un joint là-dessus, je vais bien décrocher ce soir. »

Après l'apéro au champagne et aux olives fourrées aux amandes, Lila lui avait demandé, les yeux pleins d'étoiles, le menu du festin. Léa avait éclaté de rire et était revenue de la cuisine avec une pizza surgelée. *Bitch!* « Ding-ding, j'ai aussi acheté du carpaccio. C'est la fête, ce soir ! » Lila avait fait la moue, elle y avait cru, à son histoire de bon petit repas. Du coup, pour se consoler, elle avait allumé le joint plus rapidement que prévu. C'est là que la deuxième trappe de la soirée l'attendait. Une fois sa garde retombée, Léa lui avait proposé un massage des pieds. Voyant que Lila souriait en regardant le plafond, mine de rien elle s'était attaquée au mollet. Elle savait y faire, la petite Indienne. Sans le vouloir, les jambes de Lila s'étaient progressivement écartées et, en silence, Léa avait aventuré ses mains entre ses cuisses. Les yeux mi-clos, Lila avait vaguement essayé de se ressaisir. Mais il était déjà trop tard, elle avait glissé de l'autre côté. La porte franchie, Lila avait invité Léa à se rapprocher d'elle et lui avait aussitôt roulé une pelle volontaire, avec la langue pointue comme savent le faire les machos. Léa avait bon goût, c'était agréable. Mais comme Lila n'avait pas le mode d'emploi pour la suite et qu'elle sentait que sa petite chérie attendait plus que des mamours, elle lui avait avoué son embarras: «Je suis désolée ma belle, davantage, c'est pas possible, je ne sais pas faire.» Léa avait baissé les yeux en caressant sa crête. Elle s'y attendait. Lila lui avait alors relevé le menton puis tendrement effleuré de l'index la commissure des lèvres, alors l'Iroquoise avait souri et repris la main sur leur corps-à-corps. Elle avait embrassé son cou du bout des lèvres, puis son sein gauche, son ventre, et elle avait lapé son bouton de plaisir. Plutôt bien d'ailleurs... Bien mieux que la plupart des mecs, s'était dit Lila qui, malgré elle, ne cessait de commenter mentalement ce qu'elle était en train de vivre. Léa s'était allongée à côté d'elle. Lila lui avait longtemps caressé les seins, surprise de trouver la sensation hypnotisante. Mais plus que ça, ce n'était pas possible. Alors, gentiment, elle lui avait répété son embarras. Et, sans transition, s'était réfugiée dans un sommeil de bébé.

Le lendemain, comme d'habitude, Lila s'était réveillée à l'aube et avait préparé le café. L'image de sa mère lui avait traversé l'esprit. Elle ne pensait à rien de précis mais cette présence lui pesait. Elle sentait des bouts d'elle-même s'éparpiller dans l'espace. La *hchouma*, la honte, flottait autour d'elle, insaisissable, telle une mauvaise fée. Peu de temps après, Léa l'avait rejointe dans la cuisine. Au petit baiser dans le cou, Lila s'était raidie. Puis elle avait pris une longue inspiration et, lentement, avait articulé : « Léa, ça ne va pas être possible, nous devons rester des amies. » Tout en préparant deux tartines au miel, Lila avait poursuivi : « Mon hétérosexualité... notre amitié... ta présence sous mon toit... mon besoin d'indépendance, tu comprends... » Plus elle avançait dans son discours, plus les épaules de Léa s'affaissaient. À la fin, l'Iroquoise lui avait donné l'impression d'être devenue minuscule. Lila lui avait alors souri tendrement. Elle savait que c'était moche et un peu minable de se débarrasser comme ça de sa *hchouma*. Léa avait profité de ce retour de douceur inattendu pour esquiver sa douleur. « Ok, d'accord, ce n'était pas une bonne idée. »

Léa était amoureuse. Elle savait qu'elle allait devoir endurer un long chemin avant que son amie soit à elle, libérée de la honte... et de son envie de papillonner follement dans l'air.

Les cauchemars d'Ounessa

En pleine nuit, Mima se réveille avec la sensation étrange que les fenêtres de sa chambre sont restées ouvertes. Pourtant, il n'en est rien. Elle allume la lumière, puis replace sa couverture en mohair rose par-dessus la couette. Il ne fait pas froid, mais ça lui fait du bien de se pelotonner dans son lit. Elle sait qu'elle ne va pas se rendormir et, comme elle a pris la résolution de ne plus allumer la télé pendant ses insomnies, elle se cale entre les coussins et scrute le plafond.

Vraiment ce rêve était étrange.

Sa fille Leïla – c'est comme ça qu'elle s'appelle, et non pas Lila – conduisait la voiture. Elle roulait, roulait... La route slalomait au milieu de champs parsemés de miroirs brisés. Leïla sortait régulièrement du véhicule pour en ramasser un morceau et le lui tendait. Et là, étrangement, le miroir devenait énorme. Et elle voyait le paysage changer à l'intérieur. C'était tantôt un bord de mer, tantôt la plaine aux couleurs vert amande et ocre... Et, parfois, c'était elle, toute petite ou si grande que le miroir ne reflétait plus qu'une minuscule parcelle de son corps, son bras ou sa poitrine. Mon Dieu, comme c'était bizarre... Ce pays est en train de la rendre complètement *mahboula*. Elle pense à ce qu'elle a mangé hier soir au repas de fin d'année du centre social. Ah oui, du lapin ! C'était affreux, elle ne savait pas comment s'en sortir.

Marie-Thérèse, Annie et même Mimouna, ses amies du centre, l'ont regardée avec des yeux ronds. « Comment ça ? Tu n'en as jamais mangé parce que c'est péché ? Faut arrêter avec toutes ces superstitions ! T'es en France maintenant : c'est fini, tout ça ! »

Comme Ounessa n'avait aucun argument à leur avancer, elle s'est tue. Elle n'en a jamais mangé parce que ça ne se mange pas, voilà tout ! Mais, comme Mimouna, toute fardée avec sa nouvelle coupe argentée à la Marie-Chantal, la regardait avec un petit sourire de peste, elle a ravalé sa bouchée de ce lapin de malheur et, dans un rictus, a ajouté : « Si si, c'est très bon... »

C'est cette viande du diable qui lui a donné ce cauchemar, c'est sûr !

Elle préfère vraiment discuter avec ses copines du quartier. Zoubeida et Yasmina la comprennent, elles. Il n'y a pas à faire tout ce cinéma. Si elle dit « chez moi, on fait comme ci ou on fait comme ça » elles n'en font pas tout un fromage. Chacun ses coutumes, un point, c'est tout ! Et puis, avec Zoubeida et Yasmina – une Algéro-Libanaise et une Tunisienne – elle peut partager ses véritables préoccupations, l'avenir de ses fils et les mariages de ses filles. Tout le reste, finalement n'est que du bla-bla.

C'est comme la fois où elle a mangé des abats sur le mont Chenchar, un pic rocheux près de Guelma, où les gens, des hommes plus ou moins jeunes mais surtout des femmes, vont en pèlerinage pour prononcer des vœux au saint patron de la région. Elle y est allée avec sa tante Beya. Elle se souvient qu'il leur a bien fallu une demi-journée pour y arriver. Et là, au sommet, la petite Ounessa a été drôlement déçue, parce qu'après avoir marché des heures en remontant le ruisseau, le mausolée qu'elle avait imaginé spacieux et majestueux n'était en réalité qu'une bicoque, sur un seul niveau, entourée d'une cour minuscule.

Plus elle s'était rapprochée de l'illustre tombeau et plus elle avait eu envie de pleurer, mais elle s'était retenue pour ne pas embarrasser sa tante qui semblait flotter sur un petit nuage. Cette dernière avait tellement envie de trouver un mari en bonne et due forme, et, comme toutes les femmes, de fonder une famille et de vivre tranquillement sans subir le regard désapprobateur des autres. De tout cela, sa tante en rêvait nuit et jour mais, allez savoir pourquoi, elle ne trouvait jamais chaussure à son pied.

L'âcre fumée de benjoin qui s'échappait de la cour et les odeurs de bougies mêlées à celle du sang des volailles que les hommes s'affairaient à égorger lui avaient donné le tournis et l'envie de pleurer de plus belle. Sa tante Beya s'était arrêtée devant le mausolée, le regard perdu, et soudain elle avait pris Ounessa dans ses bras, levé un pan de sa *gandoura* et enjambé le seuil.

À l'intérieur, la tombe était recouverte d'un ample tissu vert. Plusieurs femmes marmonnaient des prières. Une vieille, prostrée à la tête du tombeau, priait plus fort que les autres. Elle implorait l'aide de Sidi el-Kheir pour que son fils ait enfin un descendant mâle. Mima se rappelle vaguement aussi que sa tante avait été prise de transe et que les femmes avaient réussi à la calmer par des chants tout en l'aspergeant de parfum. Après ça, Ounessa était redescendue de la montagne sur le dos d'un jeune homme, qui avait proposé ses services à sa tante. Il était bien élevé, mignon et costaud, mais Beya s'était contentée de dire oui à sa proposition, en baissant la tête. Pas un seul instant, elle n'avait levé son regard vers lui. Elle attendait peut-être que Sidi el-Kheir fasse apparaître directement son mari dans son lit, comme par enchantement !

Ils étaient ainsi redescendus, sans échanger un mot, malgré les tentatives d'Ounessa pour créer le contact entre sa tante et ce beau jeune homme. À un moment, Beya avait sorti de son panier des sandwichs aux abats. Ounessa avait trouvé le goût horrible mais, comme elle avait une faim de loup, elle avait mangé le sien.

Cette nuit-là, elle s'était sentie bizarre et n'avait pas réussi à dormir. Chaque fois qu'elle fermait l'œil, elle rêvait d'une pouponnière plongée dans la pénombre. Des mamans affolées tournaient autour de berceaux de bric et de broc. Parfois, l'une d'elles, soulevait son bébé comme un trophée et hurlait à la cantonade : « C'est un mâle, je vous dis que c'est un mâle ! »

Les cris étaient horribles.

Le souvenir de ce cauchemar ramène Mima sur terre.

De nouveau, elle pense à Lila. Même si elle ne comprend pas grand-chose à ce qu'elle fabrique, elle est fière d'elle. Sa fille fait face à la vie, sans sourciller. Elle est courageuse.

Mais quand même ! Pourquoi diable ne veut-elle pas faire d'enfant ? Sans mari, sans progéniture, autour de quel soleil pense-t-elle pouvoir tourner ? Ce n'est pas la photographie qui va lui donner de l'amour ! Des paillettes, oui, peut-être même de l'argent, mais sûrement pas le bonheur d'être tout pour quelqu'un d'autre. Une image, ça ne fait pas de sourire le matin quand on se lève.

En plus, un mari, c'est utile pour se défendre. Il y a tant de gens malhonnêtes, tant de langues de vipère qui veulent vous rabaisser. Et c'est long, une vie... Mima est bien placée pour le savoir, elle qui n'en voit pas la fin.

Depuis qu'elle a reçu d'Algérie les papiers qui lui restituent ses titres et son rang dans sa généalogie, ses nuits sont emplies de sueurs froides. À qui être fidèle, aux anciens ou à ses enfants ? Elle a vu dans un documentaire que les tortues reviennent, et parfois de très loin, pondre là où elles sont nées. Mima reste songeuse. Serait-elle, elle aussi, une tortue ?

Il faut que je retourne là où j'ai vu le jour, là où ma mère a vu le jour... D'accord, je n'y vais pas pour pondre, mais qu'importe !

Dans le silence de son cœur, Mima Ounessa vient de prendre sa décision.

Deux heures plus tard, alors qu'elle se brosse les dents dans la salle de bains, elle sursaute. *Ah, flûte, j'ai oublié de rappeler Rania !* Sa fille aînée, la plus indépendante, voire la plus revêche de la famille, lui a laissé hier un message pour lui demander de l'aide afin de choisir le cadeau qu'elle offrira à Mokhtar. « Il a déjà tout, et il n'est jamais content de ce qu'on lui offre », a-t-elle répété plusieurs fois. Mima a un sourire en coin en songeant à l'embarras de Rania. Son plan marche comme sur des roulettes. Quand, avec la complicité d'Eva, elle a trafiqué le tirage au sort pour les cadeaux de Noël – chez les Zemmouri, chacun doit faire un cadeau à un autre selon ce tirage –, elle a volontairement créé des obligations entre ceux qui se regardent en chien de faïence. Alors oui, elle va rappeler Rania, mais non, elle ne lui soufflera pas la solution. D'une part parce qu'elle n'en a aucune idée, d'autre part parce qu'il n'est pas si compliqué de trouver la bonne réponse : elle n'a qu'à téléphoner à Caroline pour s'enquérir de ce qui ferait plaisir à son frère.

Tout en se servant un café turc, Mima ricane à présent de ses facéties. Demander à Aïssa de sortir de sa bulle pour trouver un cadeau à Caroline est une autre de ses trouvailles qui l'amuse beaucoup. Depuis que Caroline porte le voile, ces deux-là ne s'adressent plus la parole. Elle ricane mais, au fond, les choses sont bien plus graves. Si elle parvient à resserrer les liens à l'intérieur de sa petite tribu, elle sera la femme la plus heureuse du monde, et elle pourra partir en Algérie, sereine et légère. Enfin, juste un peu plus légère, ce serait déjà pas mal. Car là-bas, elle le sait, il lui faudra déployer des trésors d'énergie pour se sentir à nouveau chez elle. Il lui faudra changer tant d'habitudes. Accepter de ne plus s'appartenir complètement pour intégrer le groupe, accepter le bruit incessant autour d'elle, même à la plage, impossible de goûter un peu de tranquillité, c'est raï obligatoire de l'aube au coucher du soleil, et surtout accepter de ne plus être maîtresse de son temps. Au bled, seuls les drames incessants et les mariages hebdomadaires rythment la vie des familles.

De retour dans la salle de bains, elle ouvre le tiroir sous le lavabo. Son regard se fixe tendrement sur la boîte en carton réservée à Mokhtar et à Aïssa, dans laquelle s'entassent pêle-mêle rasoirs, après-rasage et autres déodorants pour hommes. Elle les range lentement, du plus petit tube au plus grand. *Tiens*, pense-t-elle, *il faudrait que je passe à la pharmacie pour racheter des brosses à dents à poils souples*. Mima est si fière de pouvoir leur offrir le meilleur. Leurs dents sont si fragiles...

Mima et ses fils

Depuis que Mokhtar est marié à Caroline, sa relation avec sa mère s'est distendue. Ounessa pense que c'est à cause de sa belle-fille. Non que celle-ci soit ingrate ou antipathique, bien au contraire, chaque samedi elle lui apporte des beignets de la meilleure pâtisserie de Couronne. Mais c'est quand même à cause d'elle que Mokhtar a tant changé.

Quand il était célibataire, les choses étaient si simples, il ne travaillait pas et avait tout son temps. Il passait des journées entières à la maison, à manger, dormir et regarder des programmes animaliers à la télé. Cette passion pour les animaux sauvages, il la partageait avec sa mère depuis qu'il était tout petit. Devant la télé, ils commentaient les bonds du guépard et les hululements du hibou, l'un finissant la phrase de l'autre. Dans ces moments-là, les autres membres de la famille avaient l'impression d'être des intrus. Et ils n'avaient pas totalement tort.

Rania, la jumelle de Mokhtar, en avait pleuré des nuits entières, puis les années avaient passé et elle s'était fait une raison. Elle était partie de chez sa mère juste après son bac. Depuis, elle entretenait avec elle une relation apaisée mais distante. Lila, elle, ne l'avait toujours pas digéré. Quant à Aïssa, il s'en fichait pas mal, étant d'un naturel taiseux ; tant qu'on ne le dérangeait pas dans sa lecture, tout allait bien, ou presque. Avec ou sans guépard, de toute façon, il savait bien qu'il n'avait qu'à lever le petit doigt pour que sa mère fasse ses quatre volontés.

À 16 heures, Mima appelle Mokhtar, en panique : elle a besoin de coriandre fraîche pour la farce des brickettes au fromage. « Je ne veux pas de celle qu'on vend à Franprix, elle n'a aucun goût. Passe, s'il te plaît, chez l'épicier marocain et rapporte-m'en deux bottes ».

Cette histoire de coriandre est un prétexte pour voir son fils, aucun des deux n'est dupe. Le réveillon de Noël est dans cinq jours. Alors, quand il lui répond qu'il ne peut pas laisser Caroline choisir toute seule le canapé à Ikea, elle souffle un « C'est pas grave... » et le laisse filer. Mais après avoir raccroché, elle ne peut pas s'empêcher de verser une larme.

La petite Eva est dans sa chambre, probablement en train de lire, mais pas un instant, Mima ne songe à la déranger. Sans transition, d'un geste leste, elle enlève sa *gandoura*. En dessous, elle est habillée d'un pantalon noir et d'un petit pull en mohair vert offert par Lila.

Trois minutes plus tard, elle est déjà en bas de l'immeuble, le béret enfoncé sous les oreilles et la mine défaite.

« Bonjour, madame Zemmouri, madame Zemmour qui rit », lui lance Mme Cissoux, sa vieille chouette de voisine – et, comme d'habitude, celle-ci rit toute seule de sa blague.

Avec un ersatz de sourire, Ounessa se force à répondre par un laconique « Bonjour, madame Cissoux... » et, plus bas, une fois qu'elle l'a dépassée : « Espèce de tête de clou ! »

Franchement, les voisins, ce n'est plus ce que c'était.

Puis, doucement, Mima se dirige vers l'épicerie. Ce n'est pas la coriandre l'urgence, non, ce dont elle a surtout besoin, c'est de retrouver son calme.

Depuis trois heures, Aïssa, son fils aîné, ne répond pas à ses appels ! Au bout de dix messages sans réponse, Ounessa a demandé à sa petite-fille de prendre le relais. Mais à Eva non plus, il n'a pas répondu. Trop c'est trop !

Elle a pourtant bien jeté de l'eau derrière lui, la dernière fois qu'il est passé chez elle, pour s'assurer qu'il reviendrait bientôt. Mais, qui sait, peut-être que la bénédiction n'a pas marché cette fois ?

Depuis, elle imagine tous les scénarios catastrophes. Il est mort dans un accident, il est gravement malade, il a tué quelqu'un au travail et il a quitté la France. Ou, pire encore, il est tombé entre les griffes d'une femme qui veut le couper de sa famille... Elles sont toutes comme ça, maintenant ! Ces différentes options la rendent malade, surtout la dernière car, dans son for intérieur, elle est convaincue que c'est la plus probable. Mima voit bien qu'il n'est plus le même homme. Passe encore qu'il veuille se séparer de sa femme, mais que va-t-il devenir ? Depuis le début, elle trouve ses choix malvenus. Hélène est maigre à faire peur et sourit si peu... Elle fait partie de ce monde qu'Aïssa chérit tant, elle est enseignante et son père, doyen de la fac d'Anger ou de Dijon, enfin d'un endroit en France qui ne dit rien à Ounessa. Mais une chose est sûre, sa belle-fille ne fait résolument pas partie de son monde. Hélène la vouvoie et ne s'assoit jamais près d'elle pour discuter des choses de la vie. Jamais. En vingt ans, c'est quand même incroyable.

Aussi, quand Eva a demandé à sa grand-mère si elle pouvait s'installer chez elle pour être au calme, Mima a compris qu'il y avait de l'eau dans le gaz. Elle a accepté sans poser de questions. Mais, depuis quelque temps, toute cette histoire sent le roussi.

Son fils, son dieu, est-il en train de se perdre ?

Aïssa et le travail

Le lendemain, Aïssa passe chez sa mère pour manger un morceau. Il n'a pas répondu à ses appels parce qu'il était sur un chantier, tout simplement. Il est si nerveux qu'au bout de deux bouchées il ne peut plus rien avaler. Tel un lion en cage, il fait les cent pas en marmonnant: «Ce pays me rend fou... Ce pays me rend fou... Je ne sais plus ce qu'il faut faire!» À l'écouter, Mima se demande si en effet son fils n'est pas devenu un peu dingue. Il n'est quand même pas le président de la République! Personne ne lui a demandé de régler les problèmes de toute la nation...

Quand il sort de la salle de bains où il s'était réfugié pour téléphoner à un de ses collègues, ses yeux sont révulsés. Sa mère s'empresse alors de baisser les siens et entraîne Eva dans la cuisine en murmurant: «Viens, ma mignonne, on va préparer le café et des biscuits.»

Dans le monde de Mima, les femmes peuvent consoler les hommes, pas les comprendre. Aussi, mieux vaut ne pas trop s'attarder avec eux quand ils se mettent à dérailler.

Aïssa est chef de chantier chez Taupain depuis plus de dix ans. Il est arrivé dans le métier par hasard. Avant Taupain, il était dessinateur industriel, mais il s'ennuyait beaucoup et l'ambiance dans sa boîte était devenue triste. Une entreprise familiale qui se vend à une multinationale, c'est un peu comme une mère de famille qui, après son divorce, se met en couple avec un proxénète, c'est moche. Pourtant, chez Taupain, au départ, c'était vraiment bien, il y avait de l'ambiance, de la camaraderie et de la bonne humeur. Qu'il pleuve ou qu'il neige, un 30 décembre ou un 15 août, si un gros pépin se produisait sur un chantier, le conducteur de travaux et même le boss venaient à la rescousse. Le but, c'était de faire du bon boulot, coûte que coûte, pas de la compétition en permanence.

En dix ans, ce monde avait peu à peu disparu, au point qu'aujourd'hui il n'en reste presque plus rien. Ça avait commencé par l'appel à la sous-traitance. Des gens sans foi, qui pouvaient mettre les équipes en danger de mort, juste pour gagner un peu de fric. La dernière fois, Aïssa avait piqué une crise en voyant des électriciens maliens en baskets poser de gros câbles d'alimentation. Il y avait même un petit jeune qui travaillait sans gants ! Mais à l'autre extrémité, au sommet de la boîte, ce n'était pas mieux, avec leurs Power Point 3D, leurs réunions en visio et leur armée de crétins diplômés.

C'est là, à vrai dire, tout son drame. Le patron lui a imposé un certain Benjamin, un de ces jeunes prétentieux fraîchement sortis de l'école, et il le lui a imposé non pas comme assistant, mais comme binôme. Ça le rend malade, Aïssa. Depuis, il a l'impression que le monde entier s'est ligué contre lui. Qu'on le traite comme un pestiféré, un fiché S !

Pourtant, au début, il avait pris ça à la cool. Il lui avait mâché le travail au gamin. Mais, petit à petit, une grimace s'est incrustée sur son visage. Aujourd'hui encore, quand ils sont en face à face, tout se passe bien, mais quand des collègues sont là, Benjamin prétend avoir travaillé tout seul et, le pire, c'est que les autres font mine de le croire. Le boss, de toute façon, passe son temps à le féliciter, même quand il fait n'importe quoi. Du coup, Aïssa est malheureux, il a perdu confiance en lui, convaincu que son patron n'attend qu'une chose : qu'il fasse une erreur pour le virer. À présent qu'Aïssa a gentiment transmis toute son expérience et son savoir-faire au blanc-bec, il va sûrement promouvoir Benjamin comme conducteur de travaux. LE poste qu'Aïssa convoite depuis des années. La boîte lui avait pourtant assuré que cette place était pour lui, elle avait même accepté de financer ses cours du soir sur les assurances/risques mais, visiblement, sans le lui dire en face, le boss avait changé son fusil d'épaule. C'est sûr qu'avec un jeune tout juste sorti des langes, adepte des courbettes, des chiffres et des graphiques, il allait pouvoir le balader à sa guise.

Aïssa craque depuis une semaine. Il est sur le chantier de Bayonne, une affaire compliquée de gymnase à rénover en un temps record pour que les tournois de fin d'année puissent avoir lieu. Rien ne marche comme prévu. Quand ce n'est pas le matériel qui est défectueux, il faut s'adapter à des normes locales dont il a entendu parler la veille, sans parler des équipes épuisées qui cumulent les absences à tire-larigot et des bobos en tout genre. Et qu'est-ce qu'il vient d'apprendre par hasard ? Que son patron appelle Benjamin le soir pour prendre de ses nouvelles et savoir si Aïssa n'est « pas trop agressif » sur le chantier.

Il hallucine !

Aïssa raconte la scène à Eva dans ses moindres détails. Il veut que sa fille comprenne les ruses des patrons, et surtout comment éviter leurs pièges. « J'étais en train de fumer une cigarette sur le balcon de ma chambre d'hôtel à Bayonne quand j'ai surpris une conversation qui se tenait dans la chambre d'à côté. Mon "binôme" avait entrouvert sa fenêtre pour rester au chaud pendant qu'il s'en grillait une. Il était tout près de la fenêtre, c'est pour ça que j'ai tout entendu. Au départ, cela m'a amusé. Je pensais que Benjamin parlait à ses parents. Il disait : "Oui, oui, ça va, je tiens le coup… C'est dur, mais bon, j'apprends beaucoup de choses…" Mais, tout à coup, j'ai arrêté de sourire. Je l'ai entendu dire : "Ça va aller, je vous remercie, monsieur Rouget, vous savez, tous les musulmans ne sont pas agressifs…" J'ai cru devenir fou. J'avais envie de hurler, de passer de l'autre côté du balcon pour lui arracher le téléphone et leur faire savoir ce que je pensais de leur petit jeu pernicieux. Heureusement à ce moment-là, j'ai pensé à toi. Je me suis souvenu que Benjamin a seulement sept ans de plus que toi, Eva…»

Penser à l'âge de Benjamin, puis à sa fille, a subitement ramené Aïssa sur terre, alors il s'était arrêté un moment de respirer et, mentalement, le visage d'Eva lui était apparu. Il ne la voyait pas beaucoup depuis qu'il était séparé d'Hélène mais il la savait en sécurité chez sa mère. Il n'avait pas de souci à se faire pour elle.

Quelques secondes plus tard, il était rentré dans sa chambre. Mais sa rage n'était pas retombée. *Je vais leur faire voir ce que je vais leur faire voir… Moi, me traiter de musulman agressif!* Involontairement, ses yeux avaient glissé sur la boîte de cornes de gazelle que sa mère avait mise presque de force dans sa valise. Dire qu'il en avait donné à tout le monde, même à son binôme !

Pour retrouver son calme, Aïssa s'était dirigé vers la salle de bains. L'eau froide dans le cou, il n'y a rien de mieux pour faire redescendre la température. Mais la petite voix ne voulait pas se laisser étouffer. *Trop, c'est trop, là vraiment, c'est trop. Je vais quand même pas laisser passer ça et prendre sur moi encore une fois comme si de rien n'était... Musulman ! Et puis quoi encore ? Fanatique pendant qu'ils y sont ! Moi qui ne supporte pas les barbus...*

L'eau froide, ça ne marchait pas. Il voulut sortir de la salle de bains, mais la porte avait résisté à s'ouvrir. Et là, sans crier gare, son poing avait balancé un uppercut en plein milieu du battant.

Pour ne pas effrayer sa fille et sa mère, Aïssa passe sous silence cette dernière séquence. Il y a des limites à la confidence. Surtout, il veut que sa fille retienne une leçon : il faut conserver son sang-froid – même quand la provocation vous brûle la figure. Le sang-froid est la seule arme que les racistes ne peuvent pas retourner contre vous.

Mima est maintenant debout à l'entrée du salon, elle tient un plateau sur lequel sont disposés du café turc, des biscuits et les petites cacahuètes grillées dont son fils raffole. Elle attend sagement qu'il ait terminé de raconter sa terrible histoire chez les Taupain. Pendant qu'il parle, Ounessa fait mine d'être ailleurs. Cette mésaventure est interminable, en plus d'être triste. Alors elle finit par s'asseoir. Machinalement, elle se met à éplucher quelques cacahuètes en attendant qu'Aïssa se calme et sorte toute cette douleur coincée en lui.

Elle n'aime pas voir son fils comme ça. Son fils, le soleil de sa vie.

Les batailles sournoises sont les plus mortelles. Mais, dans ce cas-là, il n'y a rien à dire, à la guerre comme à la guerre, il faut se battre ou bien fuir ! Pourquoi son fils ne le comprend-il pas ? Il n'est pas bête pourtant, ce n'est pas un de ces lâches qui passent leur temps à tourner autour du pot.

Il doit vraiment être trop malheureux en ce moment ou trop seul pour se ressaisir. Alors, même si Mima ne pensait pas devoir lui parler un jour comme à un enfant, elle lance : « Ne t'énerve pas comme ça Aïssa, ne t'épuise pas avec ces gens, ça ne sert à rien, ils ne te méritent pas. Finis ta formation et quitte cet endroit de malheur. Ils vont te rendre fou. Pire que ça, ils vont te rendre méchant ! Ne les laisse pas capturer ton âme... »

Aïssa relève la tête. Il a l'impression de voir sa mère pour la première fois.

Il garde le silence. Une larme coule sur sa joue. « Tu as raison, maman, tellement raison... »

Avant de le laisser partir, elle lui rappelle qu'il doit prévoir un cadeau pour Caroline. Il souffle : « Oui, oui... » comme si elle lui parlait chinois. Noël est vraiment le cadet de ses soucis. Comme d'habitude, il prendra une boîte de chocolats à la dernière minute chez le confiseur en bas de chez lui. Caroline, il l'aime bien, mais il la trouve un peu bête. Elle n'est pas méchante, non, mais franchement insipide et sans aucune culture. Elle va bien avec Mokhtar. S'il y pense, il lui apportera aussi des fleurs.

Mokhtar et les femmes

Le rituel est inchangé depuis six mois. Il gare sa voiture près de l'église de Pantin, récupère dans le coffre ses rollers, le jogging Adidas qu'il a depuis au moins vingt ans, puis il se change fébrilement à l'arrière de la voiture, enlève ses lunettes, enfonce le bonnet sur sa tête et lance sa playlist. Les écouteurs dans les oreilles, Mokhtar se rue sur les berges du canal de l'Ourcq, en direction du parc de Sevran, une heure, parfois plus, parce qu'il perd rapidement la notion du temps.

Il démarre toujours à fond pour épuiser au plus vite son trop-plein d'excitation. Il respire fort, en se concentrant sur les sacro-saintes règles de base : délier les mouvements, rester gainé, envoyer légèrement le pied vers l'arrière, puis l'autre, et souffler, souffler... Il aime ça, souffler, la transpiration, ses poumons qui le brûlent, son ventre qui se gonfle, se dégonfle, se regonfle...

Tout ça pour cracher le plus vite possible le venin qui s'est infiltré en lui. Au moins, là, il a le sentiment que tout fonctionne comme sur des roulettes. Après les premières minutes, qui peuvent être vraiment pénibles tant son corps de geek est encore trop gras et trop mou, plus aucune pensée ne tourne dans sa tête.

Encore une fois, la tristesse de sa mère l'a ravagé. Quand il a eu raccroché avec elle, il a senti qu'elle était désemparée, seule, meurtrie au plus profond d'elle-même. Ne plus être indispensable à sa progéniture la rend malade. Ses enfants n'ont plus besoin d'elle, ils n'ont plus de bobos, plus de drames à résoudre à l'aide de couscous aux cardons, de *chorba* ou de *baklawa* au miel. Ni de déprime à évacuer par une semaine de télé à côté d'elle... Non, tout ça ne sert plus à rien. Ses enfants ont leur vie, du travail, des femmes, de la gloire pour certains, des amours, des problèmes pour d'autres, mais rien qui les rattache à son monde à elle. Et ce n'est pas son festin de Noël qui y changera quoi que ce soit. Mokhtar voit sa mère se morfondre et ça le rend malheureux. Comment lui dire que, dans neuf mois, sa femme sera mutée à Bordeaux et qu'elle est parvenue à le convaincre de déménager là-bas, que ses sœurs l'insupportent et qu'il pense souvent à abandonner la religion, tant il a honte de dire qu'il est musulman ? Avec tous ces débiles qui s'en réclament, ça lui coupe l'envie d'ouvrir le Coran... Et lui-même, d'ailleurs, en est-il encore digne ?

Il y a six mois, en sortant de chez Mima, il a fait la plus grosse bêtise de sa vie. Sa mère l'avait imploré de rester dîner, mais – même si Caroline ne l'attendait pas à la maison, elle était sortie avec ses copines de bureau – il s'était enfui. Il lui avait dit : « Je suis désolée, Yemma, je dîne avec un ami qui va m'aider à trouver du taf. » Et là, en maugréant, elle s'était arrêtée net. Le boulot, l'argent que son fils ne gagnait pas, alors que ses filles étaient riches maintenant, était un argument imparable. Elle l'avait donc laissé partir. En faisant sa petite mine de *meskina*, bien sûr.

Il avait enfourché sa Vespa et roulé à fond en direction de la Villette pour se vider la tête. Sans réfléchir, il s'était retrouvé à rôder du côté d'Oberkampf. Il regardait les terrasses comme s'il avait rendez-vous. Il était passé trois fois devant le Charbon. Et là, waouh ! une belle gonzesse, attablée devant un verre de vin rouge, lui avait souri à chaque passage. Une, deux, trois... Bon sang, il fallait qu'il en ait le cœur net ! Il avait garé son scooter dans la rue Saint-Maur et s'était dirigé vers le Charbon. Elle continuait de lui sourire en le regardant s'approcher. Comme dans un rêve, elle s'était soudain plantée devant lui et lui avait tendu énergiquement la main. Impossible à esquiver ! Mokhtar était à un niveau de panique intérieure proche de celui d'un gamin de 12 ans face à une ado plus âgée prête à lui rouler une pelle.

« Bonjour, moi c'est Samia. Je vous ai déjà vu, vous êtes le frère de Lila, n'est-ce pas ? »

C'était une experte en séduction. Elle savait très bien à quoi elle s'adonnait, elle. Un coup d'un soir ! Mokhtar, ébloui, s'était laissé faire comme si toute cette soirée n'était pas réelle. Il avait bu du rhum – ça non plus il ne l'avait pas fait depuis son enterrement de vie de garçon deux ans auparavant – il avait ri à toutes ses blagues, et lui avait raconté mille et un détails absurdes de son existence pour entretenir une ambiance joyeuse. La soirée s'était terminée chez elle. Il lui avait fait l'amour, comme elle l'avait prévu.

Mokhtar était reparti de chez Samia à 2 heures du matin, aussi éberlué qu'il était entré. Et c'est là que, pour la première fois de sa vie, il avait fait du roller de nuit le long du canal de l'Ourcq, encore sonné de sa soirée. C'était bizarre, mais ça lui avait fait du bien. Au moins, ça l'avait dégrisé.

Depuis, sa vie est toute détraquée. Et les cinq prières qu'il essaie de faire n'y changent rien. Son état d'agitation intérieure ne lui laisse aucun répit. Il se réveille deux à trois fois par nuit, en sueur, ne mange plus, ne tient plus en place. L'alcool est devenu son plus fidèle ami. Et, le pire du pire, c'est qu'il ne bande plus devant sa femme. Caroline a beau être câline, voire coquine, avec ses tenues mauves pleines de broderies, rien à faire. Par contre, pendant ses nombreuses insomnies, il en a des érections, et plus d'une ! Cette Samia, non, jamais plus, jamais plus, il ne veut plus jamais la revoir ! Une copine de sa sœur en plus…

Le jour où Ounessa a arrêté d'attendre

Mima Ounessa se souvient d'avoir éprouvé au lendemain de la mort de son mari, une étrange sensation d'engourdissement sur la peau. Le monde avait perdu de sa consistance, il était comme enveloppé d'un halo de coton. Sa douleur avait fait tout disjoncter. Elle ne ressentait plus rien, ni la faim, ni le sommeil, ni le froid, ni même le goût des aliments.

Son médecin lui avait expliqué que ça s'appelait une « dépression nerveuse » et lui avait prescrit des médicaments pour qu'elle « remonte la pente ». Le mot « dépression », ne lui disait rien qui vaille. Trop de malheurs dans son cœur, oui, mais dépression qu'est-ce que cela pouvait bien signifier ? Sitôt rentrée chez elle, elle avait jeté la boîte de médicaments à la poubelle et s'était réfugiée dans sa salle de bains. Là, elle avait passé des heures à se laver et à pleurer sur son sort. Son mari, son amour, n'était plus. Elle n'avait plus à chercher mille et une ruses pour le ramener à elle.

Plus de *baklawa* ni de thé aux pignons. Adieu, l'attente devant la fenêtre, l'angoisse, puis la joie de l'entendre monter les marches... Tout ça c'était fini. Mohamed avait disparu. Et le sens de sa vie à elle avec lui.

Durant quelques heures, elle avait songé à retourner au pays, mais elle avait vite renoncé à cette perspective. Maintenant que son grand-père était mort, elle ne se sentait plus rattachée à cette terre. Son propre père se souciait si peu d'elle. À l'annonce de la mort de Mohamed, il lui avait juste fait passer un message de condoléances par l'intermédiaire de sa mégère de femme. Et, même si celle-ci avait abondamment pleuré au téléphone, à aucun moment elle n'avait prononcé les mots qui consolent. « N'aie pas peur, on va s'occuper de toi », ou tout simplement, « rentre à la maison, ta place est près de nous ». C'était triste, mais Mima n'en voulait même pas vraiment à son père ni à son hypocrite belle-mère. Elle savait au fond de son cœur que le chemin du retour n'existait plus. Là-bas, sans mari ni rente bien à elle, sa vie ne serait qu'une succession d'humiliations et de renoncements, alors qu'ici ses enfants recevraient une éducation. Ici, elle pourrait travailler pour son cousin. Construire une bulle protégée, loin de son passé et surtout des regards de ceux qui connaissaient son naufrage. La France, ce pays où elle avait pensé se réfugier temporairement, le temps que son amour se reconstruise, était devenu son ultime horizon.

En perdant l'amour de sa vie, Mima Ounessa avait gagné une chose : elle avait cessé d'espérer l'impossible. Son monde s'était rétréci mais, au moins il était tangible.

Elle allait s'accrocher. Oui, elle allait s'accrocher. Sa vie était ce qu'elle était, il n'y avait rien à faire, juste à l'accepter. Dieu, le Sacré, lui avait envoyé un message, et il était clair : le temps des amours était révolu !

Alors, elle avait pleuré, beaucoup pleuré. En se cachant le plus possible, parce que ses enfants ne méritaient pas de voir son chagrin.

Puis le silence était entré dans sa vie. Un silence protecteur qui éloignait d'elle la tentation d'éliminer sa souffrance.

Pour passer le temps, elle regardait les nuages durant de longues heures. Elle s'endormait avec les enfants à 20 heures et se réveillait en même temps qu'eux. Dans ses rêves, elle voyait souvent la terrasse de son enfance, l'olivier et les couchers de soleil. Son grand-père lui parlait, lui tenait la main et une fois, elle l'avait vu pleurer. Le lendemain, à son réveil, elle s'était surprise à respirer avec plus de légèreté.

« Celui qui sait recevoir saura donner. » Cette phrase, son grand-père la répétait souvent, et elle lui revenait désormais sans cesse, comme une ritournelle.

Alors Mima s'était demandé : *Que ferait-il à ma place ? Il recevrait quoi ?*

Pendant qu'elle surveillait le lait sur le feu pour le petit déjeuner de ses enfants – Lila, cinq ans, Mokhtar et Rania, dix, et Aïssa, douze – une idée lui était venue à l'esprit. *Ce que je dois recevoir, c'est moi. Cette petite fille, qui croit en la vie.*

Parce que son grand-père lui avait montré comment se défendre en prenant la parole, qu'il lui avait enseigné le sens de la vie, qu'il lui avait dit : « Compte sur toi, Ounessa, le Prophète a toujours aimé les femmes vaillantes », elle avait réussi jusqu'ici à se tenir droite.

Qu'aurait fait son grand-père à sa place ? Elle en était convaincue à présent : il aurait mis un pied devant l'autre, tout simplement.

Élisabeth, une porte vers le monde extérieur

Dans la chambre de Mima, il y a deux fenêtres ; l'une, étroite, donne sur la rue, l'autre, deux fois plus grande, sur le grand tilleul planté dans la cour. D'un côté pénètre le bruit de la ville, de l'autre le soleil, les pépiements des oiseaux et le vert du feuillage.

Quand elle est arrivée dans cet appartement, le tilleul grimpait déjà jusqu'au premier étage. La légende disait qu'une vieille Anglaise l'avait planté à cet endroit pour se rappeler son pays natal. Chez elle, dans les fêtes villageoises, on dansait sous le feuillage du tilleul grâce à des planches fixées autour du tronc.

Cette histoire a toujours plu à Mima. Danser en se voyant sans se voir. N'y avait-il pas là une grande leçon de vie ? C'est d'ailleurs en regardant rêveusement le tilleul par la fenêtre que la nostalgie, un jour, avait desserré ses mâchoires. À voix basse, Mima s'était adressée à son mari :

« Tu te souviens, Mohamed, quand tu m'as envoyé un bouquet de bleuets par l'intermédiaire de ta sœur ? Tu savais bien faire le joli cœur avec ton sourire… »

Elle avait senti sa présence émaner de l'arbre. Elle pouvait lui parler, presque le voir. C'était si bon de sentir de nouveau son cœur battre. Avant de retrouver sa cuisine, elle avait laissé la fenêtre entrebâillée et fait un signe de la main au tilleul. Un pacte était scellé.

Depuis ce jour, elle ne s'était plus jamais sentie seule.

Sa vie avait repris des couleurs et du rythme. Le restaurant de son cousin ne désemplissait pas. Elle travaillait sans relâche. Elle était fière d'elle. Suivre la cadence, sans se laisser déborder, nécessitait une organisation d'experte. La cuisine lui servait à travailler, mais elle faisait aussi office de bureau pour les enfants et, le reste du temps, reprenait sa fonction de cuisine familiale. Mima adoptait une tenue différente pour chaque moment de la journée. Au début, les enfants étaient soumis au même régime. Elle leur avait demandé de porter un uniforme pour aller à l'école, jusqu'au jour où une maîtresse lui avait expliqué que les écoliers, en France, n'étaient plus soumis à cette obligation. Elle avait trouvé ça stupide : c'était quand même bien plus commode, pour les parents comme pour les enfants. Pas de jalousie, tout le monde pareil. Mais, sans rouspéter, Mima avait accepté les nouvelles règles. Tout en continuant à habiller ses enfants le plus sobrement possible.

Tous les matins, au petit déjeuner, elle leur rappelait les choses essentielles : écouter, respecter les professeurs même quand elle les trouvait un peu trop cassants et arrogants et toujours fréquenter les bonnes personnes. « Rappelez-vous que la vie, ce n'est pas une course, leur disait-elle aussi, c'est un chemin, le vôtre, alors n'oubliez pas de respirer, ça ne sert à rien de se précipiter... »

Mima avait ainsi préparé ses enfants à trouver leur place, naturellement, sans chercher à prendre leur revanche sur qui que ce soit. Par contre, sortir de son appartement était pour elle un supplice. L'espace public l'angoissait. Chaque fois qu'elle devait s'y résoudre, elle se sentait vide.

Depuis ses premiers jours en France, elle avait classé les Français en trois catégories. D'abord, les racistes agressifs, qui vous parlent mal et vous regardent de haut. Ceux-là, Mima ne les connaissait que trop bien, – elle en avait vu une ribambelle en Algérie – et prenait un malin plaisir à leur parler calmement, dans son meilleur français, comme si elle s'adressait à des enfants désaxés. Les pauvres n'avaient rien compris à l'Histoire, ils étaient plus à plaindre qu'autre chose. Et quand un de ces malheureux allait trop loin, comme le jour où un chauffeur de bus avait accueilli un de ses passagers coiffé d'un turban, visiblement fraîchement débarqué du bled, par un « regardez un peu ce bicot, ça doit aller, les moukères, avec lui ! », elle s'était approchée du conducteur pour acheter son billet et l'avait interpellé à voix haute : « C'est bien de parler avec nos mots, encore faut-il comprendre d'où ils viennent. "Bicot", voyez-vous, cela vient de l'*arbi*, l'arabe. Et comme on dit chez nous : l'homme qui veut te rabaisser souffre d'être en dessous. Alors, soit ! La nature ne vous a pas gâté, mais soyez gentil, souffrez en silence et roulez droit ! »

La deuxième catégorie, peut-être la pire, c'étaient les condescendants, ceux qui vous traitent comme si vous étiez misérable et stupide. Chez la pédiatre, même après plusieurs rendez-vous, ça donnait : « Madame Zemmouri, je vais vous parler lentement pour que vous compreniez comment vous occuper des petits, d'aaaa-ccord ? » Face à cette espèce-là, Mima se mordait la langue jusqu'au sang tellement elle avait envie de les insulter, mais elle se taisait. Seul un mépris encore plus profond pouvait répondre à leur mépris. Son message passait alors par un regard à bout portant.

Enfin, heureusement, il existait une troisième catégorie de Français : les gens bien. Ceux-là, elle les repérait au premier coup d'œil. Ils étaient simples et directs et, même s'ils ne savaient pas tout ce qui s'était passé en Algérie, ils avaient compris l'essentiel. Ils n'avaient aucune raison de se croire au-dessus d'elle.

Du coup, seuls quelques voisins triés sur le volet avaient le droit de pénétrer chez elle. Et encore, tous n'avaient pas les mêmes droits. Certains demeuraient dans l'entrée, d'autres avaient le droit d'aller jusqu'au salon. D'autres encore restaient sur le palier.

Mima avait ainsi réussi à retourner le problème : elle n'avait pas à se sentir acceptée par les autres, c'était à eux de montrer patte blanche. Son besoin de vie sociale étant limité, tout allait bien. Mais elle avait quand même un souci. En ne sortant pas de chez elle, Mima condamnait ses filles à sa vie de recluse. Et plus les années passaient, plus il était difficile de l'imposer. Rania et Lila étaient devenues rebelles et faisaient des crises insupportables. Elles disaient : « Maman, nous ne sommes pas tes prisonnières, laisse-nous sortir, on n'a rien fait de mal... »

Mima n'avait rien à leur répondre. Devant elles, elle baissait les yeux.

Heureusement, elle avait fini, un jour, par trouver la solution.

Elle s'était réveillée, ce matin-là, dans un drôle d'état. Sa nuit avait été agitée par des rêves dont elle ne se souvenait plus mais qui lui avaient laissé une drôle d'impression. Pour purifier l'air, elle avait sorti le petit brasero, le *kanoun*, de dessous l'évier, mis quelques morceaux de benjoin puis avait allumé l'encens. Une épaisse fumée s'était diffusée dans toutes les pièces. Elle pouvait invoquer Sidi Abdelkader, son saint protecteur, le doux, le miséricordieux, qui dans son esprit avait les mêmes traits que son grand-père. « *Ya Sidi*, protège ma maison, *Ya Sidi* protège mes enfants, guide-les sur le chemin de la paix. *Ya Sidi* Abdelkader, *Ya Sidi*... »

Ainsi, la maison était redevenue saine. Mima était rassurée et de nouveau souveraine en son royaume.

Une personne avait sonné énergiquement à la porte une heure après.

La nouvelle voisine venait lui apporter un petit paquet de gâteaux. « Ce sont des macarons. C'est une spécialité de chez mon mari. Il est originaire de Nancy. » Puis elle avait secoué sa chevelure, fait un grand sourire et, avec un clin d'œil, avait ajouté : « Vous verrez, c'est pas des *baklawa*, mais c'est bon quand même ! »

Elle était sympathique, cette dame, et bien éduquée en plus. Au premier coup d'œil, Mima l'avait adoptée. Sa longue chevelure noire était belle, belle, belle. Et elle ne devait sûrement pas passer des heures à les discipliner avec le *kardoun*, elle. Après le départ de sa voisine, Mima s'était précipitée dans sa salle de bains. Dans le tiroir où elle rangeait les médicaments et les pansements, elle avait attrapé un gros rouleau de bandage. Puis, de sa voix la plus ferme, elle avait crié :

« Viens, Lila, je vais m'occuper de tes cheveux, ma petite sauvage.

— Pas maintenant, maman. Je suis en train de finir mon coloriage.

— Viens, je te dis, ma princesse, je t'aiderai à le terminer après.

— Bon d'accord, maman... »

Lila l'avait tout de même regardée de travers. Ses cheveux étaient propres et bien bouclés, elle ne voyait vraiment pas pourquoi sa mère l'interrompait juste au moment où elle dessinait son plus bel arc-en-ciel.

Mima lui avait aspergé d'eau les cheveux, puis les avait brossés si frénétiquement que Lila avait eu la sensation qu'elle voulait les lui arracher. Mais le pire restait à venir. Une fois ses cheveux lissés comme des baguettes de tambour, sa mère avec un rouleau de bandage, s'était appliquée à les lui garrotter de façon si serrée que Lila en avait versé de grosses larmes.

« Tu vas voir, ma belle, tes cheveux seront demain si lisses que tu seras la plus belle de ta classe », lui avait assuré sa mère, des étoiles dans les yeux, une fois son travail achevé.

Lila avait de nouveau pleuré, mais cette fois en silence. Elle se sentait humiliée. Pour sa mère, elle n'était donc pas déjà la plus belle ?

Cette révélation lui avait brisé le cœur, et pour longtemps. Après cette affreuse séance, la fillette avait évité de passer du temps avec sa mère de peur qu'elle ne s'en prenne de nouveau à ses cheveux.

Après l'avoir martyrisée avec son *kardoun*, Mima avait essayé de retrouver les bonnes grâces de sa fille. Elle avait sorti toutes les sucreries et gâteaux de ses placards. Sur la table de la cuisine, il y en avait de toutes les couleurs, un véritable festival.

Elle regardait Lila avec humilité.

« C'est beau, avait fini par lâcher Lila.

— Vas-y, mange ce que tu veux. C'est comme si c'était ton anniversaire. »

Lila avait levé les yeux vers elle.

« Non merci, j'ai pas faim. »

Elle avait déjà mangé trois *baklawa* au petit déjeuner et aucune envie de remettre ça.

Comprenant sa tristesse, Mima avait réagi avec une phrase magique :

« Bon alors, tiens, 2 francs, va t'acheter des bonbons à la boulangerie. »

En revenant à la maison, Lila était dans de bien meilleures dispositions. Elle avait acheté 5 Chupa-Chups qu'elle était allée cacher illico dans la boîte à bonbons qu'elle planquait sous son oreiller.

Voyant sa fille plus détendue, Mima avait continué d'abonder dans son sens. « Ma petite Lila, j'ai préparé un paquet de gâteaux. Va l'apporter à la nouvelle voisine, elle m'a l'air très gentille. J'en suis sûre qu'elle est professeur de français ou de dessin, qui sait... »

Lila avait obtempéré. Sa mère avait le don d'entrer dans la tête des gens.

Elle aussi avait remarqué l'arrivée de ce nouveau couple dans l'immeuble. Les déménageurs avaient porté des caisses de livres, des tableaux et même une sculpture. Et surtout, elle l'avait vue, elle, si belle et si élégante avec sa longue chevelure noire et sa combinaison d'aviatrice. Dans la cage d'escalier, Élisabeth lui avait même fait un clin d'œil et avait éclaté de rire en la voyant se réfugier chez elle en courant...

Devant la porte, Lila hésitait à présent. Elle se tortillait en tous sens et chantonnait mentalement, *Am stram gram pic et pic et colégram*, pour se donner du courage. J'espère qu'elle ne m'en veut pas de m'être *enfuie. Mon Dieu, j'espère qu'elle ne m'en veut pas...*

Elle avait fini par sonner.

Quelques longues minutes plus tard, elle avait entendu des pas se rapprocher à grande vitesse. Son cœur aussi s'était mis à battre la chamade.

Et la porte s'était ouverte.

La voisine était là, en peignoir, une serviette enroulée autour de la tête.

« Bonjour toi ! C'est sympa, c'est pour moi ?

— Quoi ? Heu... Oui, bien sûr, ce sont des gâteaux faits par ma mère. J'espère qu'ils vous plairont, ils sont au miel...

— C'est adorable, merci ! J'adore ça. Entre... Tu t'appelles comment ?

— Lila.

— C'est beau. Entre Lila, ne sois pas timide...

— Je suis pas timide, avait dit la petite en secouant énergiquement la queue-de-rat qui faisait office sur sa tête de queue-de-cheval.

Crispation des mâchoires.

« Dis donc, il est bien serré, ton *kardoun.* »

Lila avait levé ses yeux rougis vers cette étrange voisine. Comme se faisait-il qu'elle connaisse ce mot, alors qu'elle-même ignorait son existence deux heures plus tôt ? Elle n'avait pas pu les entendre dans la salle de bains, elles n'avaient pas parlé si fort.

« Vous connaissez le *kardoun* madame... ?

— Élisabeth. Appelle-moi Élisabeth, s'il te plaît. Oui, je connais le *kardoun*, je le connais même très bien. J'ai vécu sept ans au Maroc quand j'étais jeune. Toutes mes copines le faisaient dès qu'elles rentraient chez elles. »

Lila s'était mise à regarder autour d'elle. Elle était épatée : cet appartement était la réplique inversée de chez elle, mais ici toutes les cloisons avaient sauté. Même la salle de bains n'était protégée du regard que par un muret anthracite. Et un immense tableau rouge couvrait tout un mur, traversé de bandes de couleur, jaunes, bleues, et de lignes noires. Jamais, elle n'avait vu un tableau aussi grand. Elle avait envie de ricaner, mais quelque chose la retenait. Plus elle le regardait, plus elle était envoûtée. *Mais oui, bien sûr...*

Cette peinture possédait les mêmes couleurs que le tapis berbère accroché au-dessus du lit de sa mère. Il avait aussi d'étranges correspondances. Les losanges du tapis se traduisaient ici en lignes droites discontinues formant tantôt des carrés, tantôt des rectangles plus ou moins grands, et sans logique apparente dans le choix des couleurs. Chez sa mère, le tapis témoignait d'un monde ancien, régulier, sans surprise, alors que le tableau de la voisine parlait du futur, d'un monde à la fois électrique et organique, bien plus attirant.

« Il te plaît ? »

Lila avait timidement acquiescé et avait aussitôt tourné la tête vers la cuisine américaine. Une autre étrangeté à ses yeux. Jamais sa mère n'aurait pu travailler ici. Avec toutes les commandes de tonton Rachid, l'appartement tout entier aurait été en permanence baigné d'odeurs de couscous et de *makroud*.

« Tu le trouves joli, cet appartement ?

— Oui... c'est clair ici, il y a une belle lumière.

— Ça me plaît que tu apprécies la lumière. C'est rare... Tu sais, quand on aura fini de s'installer, tu pourras venir faire tes devoirs si tu veux. Tu vois ce coin-là, eh bien, c'est là que je vais installer mon bureau. Il est immense... »

Les yeux de Lila s'étaient mis à pétiller. Même ses copines, Morgane et Chloé, les plus riches de sa classe, n'avaient pas un bureau aussi grand chez elles.

Élisabeth était ravie. Pour elle qui ne pouvait pas avoir d'enfant, cette petite était un cadeau du ciel.

Lila avait alors secoué la base du *kardoun* avec frénésie. Ça lui faisait un mal de chien, ce bandage.

« C'est toi qui veux avoir les cheveux lisses ?

— Non. C'est ma mère. Elle dit que comme ça je serai la plus belle, que je ne ressemblerai plus à une sauvage.

— Une sauvage ? Non, je ne trouve pas. Tu es très belle avec tes cheveux bouclés. Tu ressembles déjà à une princesse.

— Merci. C'est bien ce que je pense. »

En repartant de chez Élisabeth, Lila s'était sentie

pousser des ailes. Grâce à cette voisine, elle allait pouvoir échapper à la tyrannie de sa mère et de sa grande sœur, la petite fille modèle, toujours irréprochable.

Rania et le clair-obscur

En arrivant chez elle, elle claque la porte et ferme le verrou. Elle sent son corps vibrer d'une façon inconnue. Le nœud récalcitrant logé sous sa nuque s'est miraculeusement dissous cet après-midi au hammam, mais voilà que de minuscules petites décharges électriques lui pincent de nouveau le bas du dos. Le match de boxe qui se joue à l'intérieur de son corps n'est manifestement pas terminé. C'était ça, de trop penser à Mokhtar et Lila, les deux chouchous à leur maman, aussi imbuvables l'un que l'autre. Ça lui avait mis les nerfs en boule. Noël approche, c'est dans quatre jours, quelle poisse ! Par-dessus le marché, elle doit faire un cadeau à son jumeau. Une bonne paire de claques, oui...

Encore emmitouflée dans son manteau, Rania se laisse tomber dans le vieux fauteuil en cuir près de la fenêtre. Tout est calme et bien rangé autour d'elle. D'un œil fatigué, elle contemple le pot de fleurs sur la table. Cet appartement suinte l'ennui. *Qu'est-ce que je vais faire ? Je n'ai pas envie de passer encore la soirée devant la télé en attendant qu'il rentre. Quelle horreur, je vais finir par ressembler à ma mère*, rumine-t-elle, en calant dans son dos un coussin pour éviter que ses reins ne se cambrent.

Machinalement, elle sort son portable pour regarder ses mails, des newsletters professionnelles, deux ou trois annonces d'expos à venir, rien d'intéressant. Sans conviction, elle jette un œil sur son Facebook. L'égocentrique de la famille squatte son fil depuis des semaines avec ses exploits. Ça lui fout un de ces bourdons ! Pour ne pas s'attarder là-dessus, elle se met à rechercher Nadera, la boxeuse musulmane qu'elle a croisée cet après-midi au hammam de la Grande Mosquée. Bingo, elle y est ! Et, surprise, Nadera n'a rien verrouillé, n'importe qui peut parcourir sa page. Des photos de boxeuses, des tenues de combat, des bandelettes, des gants… Cette Nadera aime beaucoup la boxe ! Sur sa photo de profil, elle est en tenue complète, short et tee-shirt flashy, avec un bandana pseudo-islamique tout trempé de sueur. Cette fille ne rentre décidément dans aucune catégorie. Et quel cinéma !

Pour se changer les idées, Rania prend un verre de boukha et allume la chaîne stéréo. Yasmine

Hamdan, la langoureuse chanteuse libanaise, susurre des mots d'amour en arabe. Depuis quelque temps, Rania prend un shoot quotidien de cette mélopée, dont elle ne comprend pas un traître mot mais qui lui fait un bien fou. Enfin détendue, elle s'allonge sur le canapé et défait quelques boutons de son manteau en fourrure synthétique. À la troisième gorgée, l'effet de l'alcool de figue commence à agir, ses nerfs se relâchent. Lentement, elle se dégage de sa pelure. De petites larmes se frayent un chemin jusqu'au creux de son cou. La solitude est en train de la tuer à petit feu. *Et dire que c'est le début des vacances...*

Rania n'avait pas imaginé que sa vie de femme ressemblerait à ça. Quand elle était petite et même adolescente, elle adorait se réfugier, elle aussi, chez Élisabeth pour fuir son frère et rêver d'aventures. Elle se voyait diriger une école de cirque, devenir pompière, faire de l'escalade, être l'avocate des pauvres, travailler pour l'abbé Pierre, toutes sortes de choses trépidantes et désespérées, mais jamais, au grand jamais, elle n'avait pensé que ça vie pouvait devenir si ennuyeuse.

Élisabeth, c'était un peu un conte de fées pour elle. Rien qu'en la regardant et en l'écoutant, elle se sentait devenir une grande dame. Elle était sexy, Élisabeth, elle était libre, une reporter perpétuellement en voyage, avec quantité d'histoires et de petits cadeaux venus du bout du monde. Son couple aussi était libre. On la voyait souvent avec son mari, mais aussi parfois, accompagnée d'autres hommes... ou de femmes. Élisabeth discutait en arabe avec sa mère, Rania la trouvait fascinante. Elle était également très gourmande, et comme Mima adorait lui faire plaisir, elle lui offrait sans cesse des gâteaux et des sucreries. En échange, Élisabeth emmenait Rania et Lila, à la piscine, au musée, au cinéma, ce qui arrangeait bien sa mère qui détestait qu'on l'oblige à sortir de sa cuisine.

À douze ans, Rania s'était dit qu'elle ne voulait pas ressembler à sa mère. Ce n'était pas vraiment une trahison. Mima n'avait jamais voulu que ses filles lui ressemblent. Elle savait qu'elle était un dinosaure en voie de disparition et elle l'assumait. Mais si on n'imite pas sa mère, si on ne la jalouse pas, à qui ressembler alors ? À la prodigieuse voisine dont la liberté fascinait Rania, tout autant qu'elle l'effrayait ? Quand Élisabeth avait divorcé, elle avait dû quitter son appartement. « Je suis sur la paille », avait-elle dit pour résumer sa situation. Rania, la prudente, l'avait alors regardée de travers. C'était donc ça, le prix de la liberté ?

Ainsi, Rania n'avait jamais pris de chemins hasardeux dans la vie, ni tiré de plans sur la comète. Elle avait fait des études de commerce, s'était mariée avec un ingénieur, désormais elle travaille dans une grande agence de pub comme DRH. Depuis qu'elle est petite, elle n'a jamais rien donné sans contrepartie, ni à sa sœur, ni à ses frères, ni même à sa mère. Rien, et sûrement pas son temps.

Mon Dieu, qu'est-ce que j'ai fait de ma vie ? Ce soir encore, Rachid n'est pas rentré. Il travaille sur un projet grandiose, comme il dit. Grandiose, oui, et moi, plus j'avance, plus je me sens devenir minuscule, ressasse-t-elle.

Son téléphone se met soudain à biper. Elle ouvre un œil et se redresse pour le récupérer. Miss Nadera vient de lui envoyer une invitation. Machinalement, Rania se met à dodeliner de la tête en regardant la notification. Elle est contente que la petite fasse le premier pas, néanmoins elle n'a pas envie d'entretenir une relation amicale avec elle. Nadera est mignonne, franchement étonnante, mais elle est si loin d'elle, de ses valeurs et de ses envies. Si Rania accepte d'entrer en contact avec Nadera, nul doute que la boxeuse islamique va continuer à l'ennuyer avec ses questions. Pourquoi n'est-elle pas musulmane ? Pourquoi n'a-t-elle pas d'enfant ? Pourquoi préfère-t-elle lire Virginie Despentes plutôt que Tariq Ramadan ? Sa mère a passé sa vie enfermée dans sa cuisine à pleurer sur son passé et à se sentir coupable de la mort de son père. Rania n'a aucune envie de reprendre le flambeau, elle a perdu déjà assez de temps avec la culpabilité. Refaire le match entre la France, l'Algérie, l'islam, les Arabes, les femmes... non merci ! Elle se sent perdue ces derniers temps, mais pas au point de penser qu'elle gagnera quoi que ce soit à ressasser ces histoires tristes.

Pour s'aérer l'esprit, elle va dans la cuisine. Elle a envie de manger un tofu, accompagné d'un fromage blanc un peu âcre. Mais, face à son frigo, elle se dit que ça suffit comme ça de vivre comme la gardienne de prison de son propre corps. Et illico, elle sort le plat de lasagnes. En attendant qu'il chauffe dans le micro-ondes, elle mastique avec frénésie plusieurs tranches de saucisson.

Elle retourne au salon en esquissant quelques pas de danse et une fois près du canapé, s'y laisse tomber lourdement. En moins de deux, elle engloutit son assiette. L'œil fauve, elle fixe les dernières traces de sauce tomate. Puis empoigne le plat pour le frotter de ses deux index. Elle répète l'opération à plusieurs reprises, comme si sa mission, ce soir, était de rendre le plat plus propre que s'il venait de sortir du lave-vaisselle. Elle se lèche les doigts avec application. Une vraie gamine.

D'un bond, elle se retrouve dans la salle de bains pour se laver les mains. Et là, devant la glace, elle ôte ses lunettes et prend quelques secondes pour scruter son regard. Elle le trouve étrange, comme voilé. *Mince, j'ai encore faim !* s'avoue-t-elle.

Elle retourne à la cuisine. Hésite entre une crème caramel et le reste de frangipane. Finalement, elle craque et attrape les deux desserts. Mais, de retour sur le canapé, Rania s'effondre soudain. Elle a froid et, surtout, elle a envie de pleurer. Un verre de boukha l'aiderait peut-être ?

Tout en sirotant l'alcool de figue, elle se surprend à regarder les desserts avec une intensité de naufragé. *Je veux éclater, ce soir, ou quoi ? Qu'est-ce qui m'arrive ?* Sa voix intérieure ricane. *Oui, ou peut-être tout simplement que tu veux t'éclater...*

Un peu ragaillardie par cette révélation, elle attrape énergiquement son téléphone pour consulter de nouveau ses mails. Il y a une expo de Max, un ex de Lila, sur des jeunes Africains découvrant avec émerveillement le cinéma. Il a photographié avec douceur et amusement leurs regards illuminés. Elle connaît son travail, elle l'aime bien, et l'expo n'est pas loin de chez elle. Elle repense à tous les poncifs sur le désir et l'amour qu'elle a débités à Nadera cet après-midi... Quelle honte ! Elle qui se goinfre dans son salon comme une vieille huître abandonnée. *Allez, courage, ma belle. Il n'y a pas que Lila qui a le droit de faire la fête dans cette famille !*

Rania fonce vers son armoire. En moins de deux, elle est relookée en femme fatale, petite robe noire, bonnet angora, bottines en cuir et veste cintrée. Les collants sont totalement opaques, les horribles veines violettes qui lézardent ses jambes sont bien camouflées. Au diable, les complexes ! *Wonder Woman* est de sortie.

Un petit groupe bloque le passage à l'entrée de la galerie, cela lui permet de jeter quelques regards furtifs aux alentours. Un quadra un peu trapu, au jean, baskets, petit cul, tient le crachoir au milieu du cercle : « Ah, ce Max, il a réussi à se dégoter la bourse Louis Lumière. Bah, c'est sûr, c'est facile pour lui, Nadine est toute dévouée, elle lui fait ses synopsis et ses recherches de thunes. Quel enfoiré, il ne la mérite même pas... » Désabusée, Rania écoute la sempiternelle jalousie entre photographes. Elle a envie de le gifler. Au lieu de ça, elle fait demi-tour. Et se retrouve nez à nez avec un homme, la quarantaine, peut-être plus, qui discute avec un vieux monsieur. Ses yeux ont la profondeur de ceux d'un enfant malade et la douceur d'une biche.

Ils se regardent silencieusement comme deux fauves qui se jaugent. Il détourne les yeux le premier. En s'éloignant, elle se dit que les hommes sont décidément trop craintifs de nos jours. Quelle tristesse ! Mieux vaut regarder les photos, au moins elles ne vont pas se décrocher. Mais, ce soir, hélas, rien ne la touche. Elle a chaud et commence à regretter d'être venue, quand elle sent une main sur son épaule. Au ralenti, comme dans un film, elle pivote sur ses pieds. Il est là, seul.

« Vous me reconnaissez ? »

Silence.

« Non, désolée... »

Il a l'air surpris.

« Je suis photographe, j'ai postulé dans votre agence photo, il y a deux ou trois semaines de ça. »

Elle hausse les épaules et, involontairement, son corps se penche en arrière, comme si elle essayait de sortir du cadre. Le bel apollon l'a prise pour Lila. Ce doit être à cause du bonnet et de la veste en cuir, et sûrement aussi des lentilles de contact, parce que sinon, c'est rare qu'on les confonde. Rania a bien cinq kilos de plus et ses cheveux sont toujours lissés, alors que ceux de Lila sont coupés à la garçonne.

« Alors, ça vous a plu cette exposition ?

Oui. Enfin... »

Elle bafouille une ou deux généralités. Lui, en revanche, parle bien. Il explique doctement son point de vue. Il a beaucoup lu l'historien camerounais Achille Mbembe. Il a appris à décrypter le regard des Blancs.

«C'est simple, ils ne nous voient pas. Et, même quand ils veulent être sympas, nous sommes au pire une tache sombre pour eux, au mieux une façon

décomplexée de voir leur propre lumière...»

C'est bizarre, il dit «nous», alors qu'il n'est pas noir.

Elle l'écoute, les yeux rivés au sol. En plus de la méprise sur son identité, une autre chose la retient d'ouvrir la bouche: les propos la mettent mal à l'aise.

«Ces photos doivent pousser celui qui les regarde à prendre position par rapport aux idées reçues sur la supériorité du Blanc sur le Noir. S'il ne le fait pas, il signe sa collaboration avec le racisme, voilà tout...»

Pfffff, encore ça! Elle est venue ici pour se faire draguer, pas pour prendre un cours à la fac, ni réfléchir encore et encore sur sa place, ambiguë – oui forcément ambiguë –, dans le massacre racial. Ces mots sont si péremptoires qu'ils l'étouffent. Elle se sent redevenir toute petite. Pour échapper à cette mauvaise impression, elle décide de passer à l'attaque.

«Mais vous, vous êtes qui pour parler des Noirs en disant "nous", alors que, même si vous avez des ancêtres africains, vous jouissez de toute façon de tous les privilèges liés à la peau blanche ?»

Les yeux du type s'écarquillent.

«Alors là, je vous trouve bien méchante tout à coup.»

Mais il se rattrape vite. En quelques secondes, il retrouve son air moqueur.

«Ok, d'accord. Mais pourquoi vous, qui êtes arabe, vous jouez à faire la petite Blanche ? Hein, pourquoi vous ne dites rien quand les photographes de l'agence vous demandent de jouer la fille sympa et entraînante ? J'ai bien vu la dernière fois, vous riiez au lieu de les remettre à leur place...»

Waouh, elle a presque envie de l'embrasser. Elle n'a jamais osé critiquer Lila aussi vertement. Qu'est-ce qu'elle peut l'énerver, celle-là ! Toujours à faire sa star ! Et là, monsieur Je-sais-tout, sans le vouloir, lui offre son scalp sur un plateau. Rania lui décoche un sourire grand comme un soleil. Il la regarde, éberlué. Elle le trouve soudain beaucoup moins sexy. Mais à son grand étonnement, un sentiment de culpabilité l'envahit : cet abruti parle de sa petite sœur quand même ! Alors, pour se dégager de cet inconfortable entre-deux, elle décide de lui donner l'estocade.

«Vous savez comment cela s'appelle, ce que vous faites ? De l'appropriation culturelle. Vous prétendez le contraire mais, tout comme vos ancêtres blancs qui usaient de la force pour voler les richesses des indigènes, vous n'avez qu'un but, coloniser le territoire psychique de l'autre, quel qu'il soit, pourvu qu'il soit tendre et fragile, afin de l'empêcher de respirer, de grandir et de prendre sa part. Et pour qu'à son corps défendant il reste éternellement une petite chose insignifiante, qui vous rassure sur votre grandeur. Mais je ne marche pas. Si mon sourire vous inspire autant de haine et de rêves poisseux, tant pis pour vous, ce n'est pas mon problème, mais le vôtre, uniquement le vôtre...»

Et brusquement, elle le laisse en plan.

Involontairement, tandis qu'elle fait volte-face, son sac percute l'épaule de monsieur-qui-parle-si-bien-à-la-place-des-autres. Elle ne l'a pas fait exprès mais elle s'en fiche. Et s'il se sent humilié, c'est encore mieux.

Pour ne pas penser à ce qui vient de se passer, elle met ses écouteurs en descendant la ruelle, volume à fond, sur un morceau de rap afro-latino bien balancé que Rachid déteste. L'air lui fouette agréablement la figure. En passant devant le bar-tabac en bas de son immeuble, elle hésite à entrer pour boire un dernier verre. Mais, elle n'a plus du tout envie de traîner dans ce quartier.

Arrivée chez elle, elle se dirige vers le dressing, sort un grand sac de voyage, y range quelques culottes, le pull en alpaga qui lui fait une si belle poitrine et sa nuisette bleue. Avant de fermer le sac, elle glisse ses lunettes et un gros cahier à spirale tout neuf. Elle veut prendre le temps d'écrire pour mettre ses idées en place. Rachid, bien sûr, n'est toujours pas rentré. Il va encore dormir au bureau ce soir pour terminer son projet de pont suspendu. Le goujat n'a même pas pris la peine de la prévenir. Tant pis pour lui. Elle lui laisse quand même un mot sur la table de la salle à manger, à côté de la corbeille de fruits qui ne contient plus qu'un citron ratatiné et une maigre grappe de raisin.

Je pars ce soir en Italie chez Francesca. Je reviendrai dans quatre jours, pour le réveillon. À plus tard...

Et elle commande un taxi, direction la gare de Lyon. Le train de nuit pour Milan part dans une heure.

Lila et le réel

Depuis dix minutes, Lila fait les cent pas devant la porte, elle hésite entre dire au revoir et s'éclipser en douce. Elle n'est même pas sûre de pouvoir reconnaître les organisateurs de la soirée. Il suffit peut-être qu'elle salue ses collègues de l'agence ? Ou alors seulement les deux acheteurs de la Fondation L'Oréal ? Comme ça, elle n'aura pas l'impression d'avoir déployé inutilement tant d'efforts pathétiques… C'est à se demander s'ils ne vont pas faire leur choix en jouant à la courte paille. À la paille de coke, oui ! Rien que d'y penser, ça la met en rage. Elle jette un coup d'œil furtif autour d'elle. Personne ne la regarde. La porte vient de s'ouvrir sur M. et Mme de Pompadour. La *Desperate Housewife* a même sorti son manteau en fourrure. C'est le moment ou jamais. D'un pas décidé, tête baissée, Lila se précipite au-dehors !

Elle dévale l'escalier comme si le feu lui léchait les baskets. Elle déteste ce genre de soirées, où le bavardage sous alcool se mêle à la compétition et aux fausses amitiés.

Elle est maintenant gonflée à bloc, comme si elle avait pris un shoot d'hélium. À pied, elle prend la rue de Paradis, puis la rue de la Fidélité, et se retrouve boulevard Magenta. Sans réfléchir, elle se dirige à grands pas vers Barbès, cette *terra malefica* que Lila évite habituellement, mais qui aujourd'hui l'attire comme si sa vérité l'attendait tapie là-bas. Sur le boulevard, elle croise le regard de mecs louches et de quelques paumés avec leur chien qui, ce soir, étrangement ne lui font pas peur.

Au contraire, elle se voit telle une intrépide *Manga Woman* sur un ring imaginaire où, voltigeant dans les airs, elle balancerait des coups de pied circulaires à tout-va. Elle a une envie de massacrer n'importe qui, à l'aveugle, même ceux qui ne le méritent pas.

« Hey, m'dame, vous avez une cigarette ? »

Lila sursaute en serrant son sac contre sa poitrine. Un jeune homme aux cheveux brillants lui sourit jusqu'aux oreilles. Elle le regarde avec des yeux ronds, sans bouger.

« Hey, m'dame vous avez une p'tite cigarette pour moi ? »

Elle est tétanisée.

« Escusez mon accent, suis d'Afghanistan, moi... Je dors au parc juste là.

— Hein, d'Afghanistan ? Mais qu'est-ce que tu fais là, t'as vu l'heure ? »

Elle jette un coup d'œil sur les deux ados qui l'accompagnent. Ils doivent avoir à tout casser 13 ou 14 ans. Un jour, elle a lu sur un blog que des Afghans dormaient dans le jardin Villemin, mais elle ne pensait pas qu'ils étaient si jeunes. Dans trois jours, c'est Noël, il est 23 heures, et ils sont là, avec leur sourire aussi large que le boulevard, à lui demander une cigarette. Elle plonge la main dans son sac pour attraper son paquet. D'un mouvement du menton, elle interroge les deux jeunes qui se tiennent derrière lui. Ils ne fument pas. Tant mieux. En refermant son paquet, elle a honte de sa générosité de façade. En même temps, elle se demande ce qu'elle peut bien faire de plus. Décidément, ce soir, elle se sent vraiment conne.

Un frisson la parcourt tout entière. Une brèche s'ouvre. La petite voix qu'elle entend les soirs de solitude en profite pour lui susurrer une musique sordide. *Non, non, reste tranquille, tu ne vaux guère mieux que les « moi, moi, moi ! » que tu viens de quitter. À force de se dévorer, on finit par tomber dans le miroir. À la fête des Narcisse, les zombies sont rois...*

Tête baissée, Lila finit par partir. Elle se traîne maintenant. Arrivée à un carrefour, elle lève la tête. Elle est déjà à Barbès-Rochechouart. La lumière est glauque et ça sent la pisse. Elle regarde autour d'elle. Un mec la frôle. Pour ne pas montrer qu'elle se sent vulnérable, elle prend un air hautain et marche droit devant elle en jetant des coups d'œil désespérés aux boutiques de robes de mariée bon marché plongées dans le noir.

Très vite, par chance, elle repère un bar éclairé aux néons. Attablées en vitrine, deux Asiatiques très maquillées, bottes pointues et robe moulante – deux clones, mêmes fringues, même coupe de cheveux, bien que l'une soit plus potelée que l'autre. Lila n'a pas du tout envie de s'asseoir à côté d'elles, alors elle file au fond du bar, où un vieux monsieur penché sur une page de turf semble fossilisé. Le serveur prend tout son temps. Sec, les yeux fuyants, il a une haleine de chacal si forte que Lila manque de s'évanouir quand il lui lance au visage: « Bon, alors, c'est quoi ? »

Des caries sûrement, se dit-elle en ricanant intérieurement. Mais comme elle se doute bien qu'il ne va pas apprécier son humour, sans réfléchir elle répond: « Bah, ce que vous avez. »

Il la fixe comme si c'était une débile sortie de l'asile.

« Comment ça, ce que vous avez ? C'est la première fois que vous sortez de chez vous ou quoi ? C'est un bar parisien, ici, il y a tout ce que vous voulez ! » Il se retourne et commence à énumérer la liste des boissons : « De la bière, du Coca, du Fanta, du whisky, je sais pas moi. On est dans un bar quoi !

— Ah oui, c'est donc ça..., répond-elle pour l'énerver un peu plus en regardant les Chinoises. Bon, eh bien, un whisky. Heu non, plutôt une bière.»

Mais au lieu de répliquer « Très bien madame », comme l'aurait fait n'importe quel serveur, il la regarde d'un œil mauvais, la mine dégoûtée, comme si son vrai métier était de conduire la prière du vendredi. En se tournant vers la vitrine, il lui balance :

« Ah ouais, comme elles, quoi...»

Quel connard, mais quel connard !

Elle est à deux doigts de renfiler sa veste et de s'enfuir de ce troquet de malheur quand soudain apparaissent deux créatures sorties d'un film d'Almodovar. L'une en jean moulant taille basse, fesses rebondies, écharpe à plumes, cache-cœur rose fuchsia, l'autre en talons très hauts et robe moulante en satin violet. Les deux bombes trans se pavanent dans le bar et finissent par s'asseoir juste à côté d'elle. Lila les regarde à la dérobée.

« Oh, ma chérie, cesse de pleurer, tu sais bien que ton mec va revenir. Fais pas l'idiote, il pointera son nez quand il aura faim.

— Oui, je sais, mais arrête de me traiter d'idiote, Soraya. On dirait que tu sais même plus ce que ça veut dire d'avoir quelqu'un dans la peau. Oui, oui, je suis une femme, je suis comme ça. J'ai un cœur, moi, et il n'a pas de capote sur lui, pas comme le tien. Hé, monsieur Farid, servez-nous à boire ! Et pas de la bière, nous on veut du cognac, rien que du cognac ! »

Elles remarquent que Lila épie leurs discussions.

Ça les amuse, alors elles poursuivent :

« La bière, ça fait trop grossir, c'est pas bien pour nous, les femmes... Si je me laisse aller, bye-bye ma garde-robe. Le satin, tu sais, c'est très exigeant... »

La trans regarde Lila et lui fait un clin d'œil. Puis elle fixe de nouveau son amie Soraya.

« Voilà, c'est simple, je veux être aimée pour ce que je suis. Parce que, oui, je suis une artiste, moi, une artiste de la vie, je ne triche pas, je donne tout. Et ma vie, j'en fais ce que je veux ! Je prends mon plaisir, oui, même avec un salaud, absolument !

— Une artiste de la pipe surtout ! Tu nous piques toute la clientèle avec ta grande bouche, lui claque Soraya en faisant virevolter son écharpe boa. Enfin... au moins, toi, t'es pas une hypocrite ! Tu mets toutes les chances de ton côté.

Dites, mademoiselle, avec vos grands yeux et vos oreilles qui traînent partout, vous en pensez quoi ?

— Heu... je pense quoi de quoi ? bredouille Lila.

— Est-ce que franchement vous pensez qu'avec son physique de panthère et son goût pour le sexe, elle peut retenir un homme plus d'une semaine ? »

À la grande surprise de Lila, les deux trans la regardent maintenant dans le blanc des yeux. Elles attendent sa réponse.

« Eh bien... je sais pas, j'imagine que oui... Si c'est vrai ce qui se passe entre eux.

— Ah oui, et c'est quoi le vrai pour vous ?

— Ben c'est...

— C'est une jalouse, ne l'écoute pas, coupe l'artiste. Moi, je te le dis. La vie te rend toujours la monnaie de sa pièce. Si tu lui fourgues une fausse monnaie, crois-moi, ma petite chérie, elle te loupera pas, elle te donnera de la merde ! »

Eva, journal intime

Eva pose le livre de l'émir Abd el-Kader sur la table de chevet à côté de son lit. Elle regarde la couverture. *La Guerre et la Paix*. « Drôle de paix ! » marmonne-t-elle. L'émir a capitulé avec élégance, soit, mais il s'est quand même bien fait avoir par les Français. Son père a beau lui dire qu'il a transmis un message de non-ressentiment à l'humanité, elle se demande qui a retenu la leçon. Tout le monde a l'air si énervé…

Pour passer à autre chose Eva attrape son cahier « PENSE-BÊTE » caché au fond de son sac. Sur la première page, elle a inscrit au feutre rouge : « POUR NE PAS LE RESTER ». Depuis des mois, elle n'a pas fait de pause. Mais ce soir, c'est différent, elle est calme, elle veut relire ses notes. S'approprier ses mots.

30 décembre 2015
Qui suis-je, bordel ?

Je m'appelle Eva Zemmouri et je suis française de souche, enfin presque. On me considère souvent comme une drôle de Française, une Française un peu bizarre, vu que je suis le fruit de deux vieilles histoires. Mais je m'en moque, je veux devenir bouddhiste. Enfin, pour être honnête, pas tous les jours. Le va-et-vient entre deux mondes qui se lorgnent mais qui jamais ne se regardent, cela me fatigue. Je ne sais plus qui je suis, Française tout court, Française à moitié, trois quarts, d'origine arabe, à moitié picarde, à moitié algérienne. Je ne sais plus, c'est confus.

Je ne suis jamais allée en Algérie – même s'il est vrai que, quand on arrive chez Mima, on a l'impression de traverser une frontière. Je suis née ici, ma mère en Picardie, et mon père n'est jamais retourné là-bas. Oui mais il s'appelle Zemmouri, il est pas d'ici quand même, ça compte, c'est pas pareil. D'accord, je suis à moitié d'ici et à moitié de nowhere. *Mi-française, mi-fantôme. Enfin voilà, j'en suis là. À me demander si, avec ma peau blanche et ma tignasse, j'ai le droit de donner mon avis ou pas. Avant de dire «je», est-ce que je dois recevoir le feu vert des Nations-Unies, du pape, non, d'Estelle, de Marine, à moins que ce ne soit de Samantha ? Bon, avec tout ça, forcément, je suis en retard sur tout, jamais là quand il faut, toujours le cul entre deux chaises. Avec tout ce bazar dans ma tête, j'ai surtout réussi à rendre ma vie super chiante. La vérité, c'est que depuis que j'ai décou-*

vert le sexe avec Joachim, je ne sais plus du tout comment je m'appelle. Je n'ose pas en parler avec Fatou de peur qu'elle ne me traite de karba. *Quant à ma famille, c'est la* berezina. *Du côté de ma mère, c'est simple, ils risquent de lever les yeux au ciel, manière de dire : « Mon Dieu, après les Arabes, voilà les Juifs, elle est bien belle la France. » Et chacun va repartir à ses affaires. Mais, chez les Zemmouri, vraiment, je ne sais pas. Je les comprends si peu.*

9 janvier 2016

Je ne peux rien écrire. Un an après, je n'ai toujours pas de mots. J'ai peur. J'ai froid.

3 février 2016

La pauvre, je suis sûre que tata Rania est malheureuse en ce moment, mais personne ne s'en inquiète. La pudeur, sans doute, et puis peut-être un peu de laisser-aller. Car pas de questions = pas de réponses, et donc pas de révolutions chaotiques. Elle a un mari, certes mutique, mais un mari quand même, et un travail dans une agence de pub, donc hamdoulilah ! *de quoi se plaint-elle ? Pour Mima, pas de doute, c'est de loin celle qui a le mieux réussi dans la fratrie. Et on ne demande pas à un pilier s'il a mal aux pieds. On ne lui demande rien d'ailleurs, on veut juste qu'il soit assez fort pour tenir droit. Même moi, j'avoue, je la trouve flippante, j'ai pas du tout envie de lui ressembler. Avec sa méchante ride au milieu du front, elle me fait un peu peur, je préfère ma tante Lila. Avec elle, déjà je peux parler de tout. Je peux lui dire que mes parents sont des cons, que j'ai séché les cours pour aller voir Joachim et même lui avouer que j'ai perdu mon pucelage... Hier, quand je lui ai raconté ça dans la salle de bains, elle m'a fixée droit dans les yeux et a hoché la tête silencieusement, comme fait son psy, j'imagine, en attendant que j'en dise plus. Mais ce que j'aime le plus chez elle, c'est son air désorienté et le fait que, malgré ça, elle est pleine d'audace.*

5 mars 2016

Lila vit de sa passion. Pour moi, c'est un phare. Elle fait toutes sortes de photographies. Beaucoup de mode parce que ça paie bien. Mais là où elle est la plus incroyable, c'est dans le portrait. Que ce soient des hommes, des femmes ou des enfants, tous deviennent très bavards sous son objectif. Sa dernière série s'appelle « Nos ancêtres » et elle est vraiment réussie. Elle a demandé aux gens de venir dans son studio avec un objet, un vêtement, une photo de famille et, s'ils le voulaient, un bouquin. C'est très beau, fragile et tendu comme un rêve. Elle en a fait un très beau livre.

Elle a beaucoup de succès. Je suis trop fière d'elle.

Je me suis souvent demandé ce que j'aurais apporté

si ma tante m'avait proposé de poser pour elle. Du côté de mes ancêtres paternels, j'ai un choix limité, puisque je ne connais que Mima. Pour leur rendre hommage, je mettrais bien la djellaba en taffetas violet avec les fines broderies au col et aux poignets qu'elle m'a apportée du bled. Cette tenue est jolie, il paraît qu'on met ça pour les mariages. À moins que je ne prenne un couscous, parce que là, pas de doute, l'apport des Maghrébins à l'humanité est incontestable et incontesté, même chez les fachos... Bon, en même temps, résumer mes ancêtres à un plat de semoule, c'est pas vraiment malin. Surtout pour un peuple qui a salement été colonisé. Mais voilà, je me fatigue pour rien, Lila ne m'a rien demandé... Et puis, du côté de mes ancêtres picards, là aussi question patrimoine, c'est pas la joie. Je pourrais prendre un navet ! Morte de rire, rien que d'y penser. Non, j'aurais pris la hache de grand-père (qui appartenait à mon arrière-grand-père), lui qui aimait tellement couper du bois pour que la cheminée ne s'arrête jamais de fonctionner et que l'on puisse se promener en tee-shirt dans la maison, quelle que soit la saison. Un couscous et une hache, et moi, habillée en djellaba-Rayban-baskets sur un scooter. En fait si, ce serait pas mal comme photo finalement. Faudra que j'en parle à Lila un de ces jours. Ça pourrait être drôle et ça me changerait de la gueule d'enterrement que je tire.

Je n'arrête pas de penser à ce qui s'est passé l'année dernière. Le 9 janvier, j'étais confinée dans mon bahut, à Hélène-Boucher, à deux pas de l'Hyper-cacher. J'ai bien cru que, moi aussi, j'allais mourir.

7 mai 2016

Dans la salle de bains, avec Lila, on aime se faire des confidences. C'est là qu'elle m'a annoncé qu'elle venait de quitter son mari. Ma première réaction, sans aucun doute idiote et convenue, a été de lui demander si elle avait rencontré quelqu'un. Lila m'a juste répondu : « Tu sais, une rencontre, une vraie, ça ne se fait pas d'un claquement de doigts ! » Ça m'avait étonnée, vu le métier qu'elle fait. Elle est en plus tellement canon ! C'est bizarre quand même.

9 mai 2016

Bien sûr que Lila peut avoir qui elle veut d'un claquement de doigts ! Mais bon, qui suis-je, moi, pour lui donner des leçons ? Qu'est-ce que je sais du désir et de l'amour ? Rien. Enfin, si, je sais que c'est compliqué. Pourquoi par exemple, suis-je obsédée par Joachim ? À tout bout de champ, il me trotte dans la tête, je me demande où il est, à quoi il pense. Je veux savoir s'il aime ce que j'aime, s'il réagit comme moi, s'il regarde la même chose. Un vrai virus ! Et puis surtout, j'ai toujours envie de lui, de ses baisers, de sentir sa peau. Mais lui, je ne sais pas. Il a des sentiments, pas de doute, mais je sens bien qu'il est moins accro que moi. S'il ne me parle pas pendant cinq jours, cela ne le gêne pas. Puis d'un coup, il débarque et me traite comme si j'étais la femme de sa vie. Bref, je me sens complètement perdue. C'est sûrement cela que voulait dire Lila. Nos rêves nous filent tout le temps entre les doigts !

17 mai 2016

J'ai compris ! Lila est lesbienne. Moi, je m'en contrefous. Mais je me sens triste de la tristesse que Mima va avoir en l'apprenant. Elle va sûrement se sentir coupable d'avoir loupé quelque chose. Et qu'est-ce qu'elle va dire à ses voisines ? À ses deux pestes de quatre-vingts ans avec qui elle passe ses après-midi à faire des pâtisseries et dont le passe-temps favori est de répéter les ragots du quartier. « Tu sais que le fils d'Untel va se marier cet été ? Et l'autre, la pauvre, elle va divorcer, bon en même temps, elle ne le nourrit pas son mari, toujours à faire ses foutus régimes ouetwatchir... » *La pauvre Mima, la* hchouma. *Comment va-t-elle faire pour s'en sortir avec ces sorcières ? J'avoue que je vais lui poser un autre problème, plus épineux encore que celui de Lila. Qu'est-ce qu'elle va dire quand elle apprendra que Joachim est juif et qu'il revient tout juste d'Israël ? Pauvre Mima, la vie ne t'a pas préparée à ça...*

29 mai 2016

Je suis en colère contre mon père de ne pas m'avoir appris l'arabe, et un peu contre Mima aussi. L'autre jour, alors qu'elle était en train d'éplucher des carottes, je lui ai demandé: «Pourquoi vous ne m'avez pas appris l'arabe? C'est pour que je ne comprenne pas quand vous parlez?» Elle a haussé un sourcil, tourné la tête vers la fenêtre, puis a répondu d'un air dépité: «Ma fille, ça sert à rien. Ici "arabe", c'est une insulte. On voulait juste t'éviter des ennuis.» J'étais estomaquée. J'avais envie d'éclater en sanglots. C'est violent d'être coupé comme ça de ma Mima. Et puis, que je le veuille ou non, je ressemble à une Arabe, une Arabe à lunettes, soit, mais une Arabe quand même. Mes origines picardes, mes dix années de danse classique, mes notes excellentes à Hélène-Boucher, tout ça ne compte pas quand je sens fondre sur moi le regard de mépris des Français de France, tout blancs et immaculés qui me regardent comme si j'étais une terroriste en puissance. Et ce regard, je ne sais pas quoi en faire. Si au moins je pouvais les insulter... en arabe!

8 septembre 2016

Ces derniers temps, Mima aime bien me raconter ses années de jeunesse. La vie à la ferme, son grand-père, l'école... Elle a eu une existence complètement folle.

Mima est allée à l'école des bonnes sœurs parce que son père et son grand-père ne voulaient pas qu'elle aille dans une école mixte où elle aurait pu rencontrer des garçons.

Tout se passait bien jusqu'au jour où, sans prévenir personne et encore moins demander l'autorisation, la mère supérieure a rebaptisé Mima « Françoise ». Son grand-père s'en est rendu compte parce que, dans son bulletin, il y avait un trou ! Mima n'avait rien osé lui dire, alors chaque fois qu'elle devait faire signer son bulletin, elle gommait le prénom français pour remettre « Ounessa ». Mais, au bout de quelques allers-retours, le bulletin n'a pas résisté et un trou s'est formé. Mima avait honte. Elle voulait tellement aller à l'école. Son grand-père ne l'a pas grondée, il était tendre et compréhensif avec elle. Mais il n'était pas question de se laisser faire non plus, alors il est allé voir la mère supérieure. « Pourquoi lui avez-vous donné un prénom catholique ? Je vous ai demandé de l'instruire, pas de changer son état civil. Et encore moins de la convertir ! Si vous vous obstinez dans cette voie, je vais la changer d'école ! » Le grand-père était très en colère. Au point que la mère supérieure s'est excusée et, après ça, elle a laissé Mima tranquille. Mais, l'année d'après, c'était fini l'école ! Elle savait lire et compter, alors sa famille a décrété que c'était largement suffisant.

21 octobre 2016

Il s'est passé tellement de choses que je ne sais plus par où commencer. L'autre soir, alors que Mima prenait son bain, elle m'a ordonné de m'asseoir sur le tabouret pour que je l'écoute. Elle m'avait déjà raconté des bouts de son histoire mais, ce jour-là, elle était prête à tout me dire. Mima a tellement peur que je ne devienne « un oiseau sans branche ». J'étais ravie, bien sûr. Mima est un amour, elle répond toujours à mes questions. Elle n'est pas comme ma mère, celle-là est mutique et évasive. Parfois j'ai l'impression que c'est un automate. Être présentable, garder la ligne, sourire, manger cinq fruits et légumes par jour, sans oublier le yaourt à la fin, faire bonne figure devant les voisins, les professeurs, même avec moi j'ai l'impression qu'elle joue un rôle. Et mon père, ce n'est pas mieux. À force de vouloir tout bien faire, comme un petit Blanc sans histoire, il est devenu invisible.

C'est pas plus mal, finalement, qu'il s'énerve ces derniers temps !

20 novembre 2016

Qu'est-ce que je vais leur dire ? Que j'aime Joachim à mourir et que je veux partir avec lui faire mes études loin de Paris ? Que le lendemain des attentats, quand il m'a dit : « Viens chez moi, je vais te passer Les Sauvages, *c'est un super livre, il va te faire un bien fou», je savais qu'il me baratinait, mais j'y suis quand même allée. Et je savais pourquoi. J'en avais envie, oui. J'en avais même besoin. De me dire que les hommes sont bons parfois, que je suis en vie, pleine de vie et surtout que, moi, Eva Zemmouri, Française de souche, enfin presque, je peux être follement attirée par Joachim Bronstein... Un Juif aux cheveux ébouriffés, revenu d'Israël, il y a un an. La vie, oui, la vie n'a pas de frontières, pas de visa. Elle va là où bon lui semble! Ses parents ont fait leur alya quand il avait dix ans. Là-bas, ils vivaient dans une bulle. «Tout est fait pour oublier qu'on vit au milieu des Arabes, c'est comme un jeu vidéo, les autres sont des avatars qu'on dézingue, point barre.» Lui, tout ça, il n'a pas aimé. Et je le crois. Ses parents non plus, visiblement. Ils ont perdu tous leurs amis quand ils ont commencé à dire ouvertement qu'ils ne comprenaient pas pourquoi les Palestiniens n'avaient pas droit à un pays. Mis à part ça, Joachim ne m'a rien raconté. Il n'aime pas qu'on en parle. Et moi, je ne sais pas quoi en penser. Je sais juste que lui, c'est quelqu'un de bien et ça me suffit. Je l'aime, qu'est-ce que j'y peux?*

20 décembre 2016

Grâce à tonton Mokhtar, j'ai appris quelque chose de très important hier. D'habitude il ne me parle pas beaucoup et, j'avoue, moi non plus. Je l'ai toujours considéré comme un fils à maman, toujours parfait, toujours souriant et surtout prêt à montrer à ses sœurs qu'il est le seul à bien s'occuper de sa mère. Mais hier, il est passé chez Mima pendant qu'elle était au centre social. Je pensais qu'il allait repartir illico, mais très gentiment il m'a demandé de lui préparer un café pour que l'on discute de mon cadeau de Noël. Et une fois que je lui ai donné quelques pistes de bouquins et de BD, des trucs faciles à trouver, il a continué à me surprendre. Il a pris mes mains entre les siennes et il m'a remerciée d'être venue m'installer chez Mima. «Ça me rassure. Je n'ai plus à m'inquiéter de la savoir seule.» Comme je le sentais tout attendri, j'ai sauté sur l'occasion pour lui poser les questions qui me brûlaient les lèvres. «C'est comment, le bled ? Et la famille là-bas, elle est sympa ?» Pendant quelques instants, il est resté pensif en regardant par la fenêtre. Au bout d'un moment, il m'a fait un grand sourire et il a répondu : «Je ne peux pas te dire grand-chose, ça fait un bail que je n'y suis pas allé, mais je vais te raconter un souvenir très particulier. Ton papi venait de mourir et, pour qu'il soit dans le même caveau que son père et son grand-père, il a été enterré à Alger. Donc on avait débarqué là-bas et un oncle nous avait logés dans un appartement qu'il avait loué à un voisin. C'était assez petit, il y avait juste un salon et une chambre. Moi, à cette époque, je ronflais comme pas deux. J'avais fait un peu mon cinéma et tout le monde avait accepté que ce soit moi qui prenne la chambre. Ton père a toujours été cool avec moi, il a accepté de dormir sur une chaise longue au salon. Mima était sur le canapé. Quant à Rania et Lila, elles étaient sur des petits matelas. Tout allait bien, mais en fin d'après-midi une tante de Mima, la fameuse Zouleikha, qui a presque le même âge qu'elle – en fait c'est la dernière fille du grand-père de Mima – a débarqué à l'improviste. Et, sans négociation, elle a pris la chambre! J'étais dégoûté, j'ai dû dormir sur le balcon! Rania s'est bien foutue de moi. Tu aurais vu sa tête, elle exultait!» Sa petite histoire m'a permis de comprendre que, dans la famille Zemmouri, il y a vraiment deux camps, non trois plutôt. D'un côté, Mokhtar et Caroline, ceux qui veulent maintenir la tradition et les hiérarchies d'avant, surtout si ça les arrange de l'autre, Lila, qui veut tout faire exploser, et, enfin, mon père et Rania qui flottent entre les deux camps.

22 décembre 2016

Hier, j'ai osé faire un reproche à Mima. Ce n'était pas facile, elle est tellement gentille avec moi. Alors, tout doucement, je lui ai dit: «Mima, je suis fâchée. Je ne comprends pas un mot quand on écoute Warda ensemble! C'est triste à mourir, tu ne trouves pas? C'est comme si tu ne m'aimais pas vraiment et que tu... que tu... me laissais toute seule au milieu de la route!» Je n'étais pas à l'aise, j'ai commencé à rougir. Mais Mima est restée imperturbable. Elle a essuyé ses mains sur son tablier et s'est éclipsée au salon, avec un sourire en coin. J'ai entendu qu'elle ouvrait l'armoire où elle entrepose ses vieux papiers et ses photos. De retour à la cuisine, elle s'est assise sur sa chaise et a posé le magnéto devant moi. «Allume!» m'a-t-elle ordonné. Le transistor vintage avait un peu pris la poussière. Cela faisait un moment qu'on n'avait pas écouté sa chanson préférée, Harramt Ahebak. Quand j'étais petite, j'y avais droit une fois par semaine, au minimum. «Allez! On va l'écouter ensemble!» Warda, c'est l'étoile nord-africaine de sa génération. Une femme, une vraie, de celles qui aiment fort et savent se laisser séduire.

Harramt ahebak, ahebak... Mateheb neesh, mateheb neesh...

Dès les premières notes, j'ai senti que ça s'enfonçait au plus profond de moi. Mima était redevenue une jeune fille et souriait d'un air coquin. Mateheb neesh, mateheb neesh... *Au deuxième refrain, c'était parti. Mima, sans aucune gêne s'est mise à chanter à tue-tête. Toujours assise, elle balançait délicatement la tête et les épaules en rythme. Puis, les avant-bras et les deux index tendus, elle s'est mise à scander la musique. Naturellement, mes épaules se sont libérées, on aurait dit qu'elles ne m'appartenaient plus. Je me suis levée de la chaise et j'ai laissé la musique m'emporter. De haut en bas, mes hanches, mes bras ondulaient. Mima souriait.* We saybny wahdy westt el tareeh… *Ensemble, on a répété les paroles, encore et encore. Moi, c'était un peu n'importe quoi mais je m'en fichais.*

La chanson a fini par s'arrêter. Mima a éteint le magnéto et est allée nous chercher deux verres d'eau.

« Bon alors, ma petite Eva, je vais te poser une question simple. Qu'est-ce que tu as compris de cette chanson ? Non, ne me réponds pas trop vite, reprends ta respiration et dis-moi ce que tu as saisi, tout simplement. »

Sa question était curieuse, vraiment très curieuse. Mima me regardait droit dans les yeux, d'un air sérieux. Alors j'ai obtempéré et repris mon souffle. Sans me poser de questions, j'ai dit :

« C'est une femme amoureuse.

— Oui, a dit Mima.

— Mais elle n'est pas aimée en retour et elle se sent abandonnée.

Mima a hoché de nouveau.

— C'est bien, c'est bien. Tu vois que tu comprends. Mais c'est quoi le message de Warda dans cette chanson ? Elle pleure, elle supplie ?

— Ah non ! » ai-je répondu avec assurance.

Je ne sais pas d'où ça me venait, mais c'était une évidence pour moi.

«Elle dit à son amour de partir ! Puisque que tu n'es pas au rendez-vous de notre amour, je reprends ma liberté...

— Ben voilà ! Tu as tout compris, Eva ! Et tu vas me dire maintenant que tu ne comprends pas l'arabe ! Mais si, mais si, tu sais tout sur tout, d'ici et de là-bas. Ne te laisse pas enquiquiner par ceux qui voudraient te réduire à une petite chose.

— Oui, Mima, je suis contente, mais je vais quand même prendre des cours à l'Inalco. J'ai envie de pouvoir lire et parler. Je ne veux pas seulement ne pas avoir honte de mes origines, je veux aussi connaître ta culture.

— Tu as raison. Il ne faut pas baisser la tête.»

Sur ce, Mima s'est levée et a repris son travail là où elle l'avait laissé.

J –1 matin

Aujourd'hui, c'est jeudi, le jour de la semaine exclusivement consacré à la cuisine. Mais ce jeudi est particulier car demain, c'est Noël. Pour ce réveillon, Mima a prévu une dinde aux marrons, comme le veut la tradition d'ici, et de la cuisine de là-bas pour le reste du repas. En entrée, il y aura donc une série de *kémias* : des brickettes au fromage, des carottes à l'ail et au cumin, une poivronnade à l'huile d'olive et des patates aux petits oignons frais et à la coriandre. Ensuite, en plus de la dinde, elle a prévu deux autres plats à base de viande : un *tajine dolma* au collier d'agneau et olives, accompagné de semoule, et un plat de veau et de courgettes à la menthe. Et en dessert, une bûche au chocolat, une salade de fruits, des *baklawa*, des *makroud* et de la *zlabia* tunisienne achetée à Couronne. La *zlabia* est le seul élément du repas provenant de l'extérieur. Tout le reste sera fait maison, même si, pour cela, elle sait que les filles la maudiront mille fois aujourd'hui.

Tout au long de la semaine, Mima a fait les courses, avec l'aide d'Eva, au marché de Belleville. Elles y sont allées à trois reprises parce que Mima voulait gérer les achats de façon méthodique. Après chaque expédition, elle a entreposé les courses sur le balcon de la cuisine dans des bacs différents. Le blanc pour les légumes des entrées, le rouge pour les plats principaux, le vert pour les fruits. Quant aux viandes, elle préfère les acheter au dernier moment. C'est Léa qui s'en chargera cette année. Tout doit être carré.

En plus de la rassurer, cette organisation a un objectif bien précis : planifier le travail par groupe. Dans son esprit, chaque équipe a une tâche bien définie : Eva, Léa et, *inch Allah*, Lila pour les entrées, Caroline et Rania pour les desserts, et Mima pour les plats de viande. Elle a aussi prévu pour chaque équipe un espace spécifique, sur la table de la cuisine, sur le plan de travail près de la cuisinière et sur le balcon-véranda, où elle a récemment installé une table en plastique. Chacune sera à son aise et le repas devra être prêt en fin de journée si ses filles daignent arriver à l'heure. Au pire, se dit-elle, il y aura moins d'entrées et de desserts ! Car Mima n'est pas folle, elle sait pertinemment que sa belle organisation risque de ne pas être respectée. Mais, comme elle a l'habitude de le dire, « mieux vaut avoir un programme que laisser dès le départ la place tout entière à l'improvisation ».

Il est 7 heures : le ciel, métallique, diffuse une lumière bleu foncé qui invite à l'action. Mima est déjà à l'attaque. Douchée, coiffée, habillée décontract, mais chic. Elle a enfilé un bas de jogging de couleur rouille, des baskets assorties et un pull léger en mohair jaune safran. Et comme en toutes circonstances elle aime rester féminine, elle a versé deux gouttes de parfum derrière ses oreilles et mis son collier de perles avant de sortir de la salle de bains. La journée va être longue, mais ce n'est pas une raison pour se montrer négligée devant ses filles, et à plus forte raison devant sa belle-fille. Elle leur a donné rendez-vous à 9 heures. Il lui reste donc deux bonnes heures pour récurer la cuisine à l'eau de Javel avant leur arrivée. Deux heures aussi pour revoir toutes les étapes nécessaires à l'accomplissement de la mission du jour : expliquer à ses filles sa décision de repartir au bled en leur faisant comprendre les avantages qu'elles pourront retirer de son départ, afin de s'assurer de leur soutien demain, quand elle annoncera la nouvelle à ses fils.

Pour ne pas les brusquer, elle compte distiller ces informations tout au long de la journée selon un ordre logique : la première le matin, la deuxième pendant le déjeuner et la troisième l'après-midi.

Elle hoche la tête en faisant la moue et conclut : *Oui, oui, comme ça, c'est très bien.* Sur ce, elle prend un chiffon propre dans le tiroir, le trempe délicatement dans la bassine d'eau chaude où elle vient de verser un flacon de désinfectant et démarre le nettoyage des pots d'épices alignés comme des petits soldats au-

dessus de la cuisinière. Une fois cette tâche terminée, elle pose les mains sur le plan de travail, prend une longue inspiration et lentement fait pivoter sa tête de droite à gauche en s'adressant, à voix basse, à son armée imaginaire : « Et si vous le voulez bien... à tout à l'heure mes petits cocos ! »

Juste à cet instant, encore tout ensommeillée et les cheveux en bataille, Eva passe dans le couloir.

« Salam Mima, demain, *wallah*, je me lève plus tôt pour t'aider. »

Mima ne l'a pas entendue arriver. Mais la vue de la petite la remplit de bonheur. « *Sbah el kheir*, ma mignonne. Ne t'inquiète pas : le ménage, c'est mon domaine ! C'est moi qui commande, qui exécute et qui m'exécute ! Allez, va vite te débarbouiller, je vais nous préparer un café. »

Après le petit déjeuner, Mima change toutefois d'avis en constatant qu'il est déjà 8 heures.

« Bon, d'accord, Eva, j'accepte ton aide. Nettoie-moi les vitres de la véranda. Moi, je vais passer la serpillière avant que les femmes arrivent.»
À 9 heures, comme prévu, Mima et Eva sont fin prêtes.

« Et dire que demain, il faudra tout recommencer ! » remarque Eva, désabusée.

Mima lui passe un bras autour des épaules.

« C'est pas grave. Le ménage, tu sais, c'est comme l'histoire de ton ami Sisyphe. Tu montes, tu descends, tu remontes, ça ne s'arrête jamais ! »

Quelqu'un sonne à la porte. Eva se précipite vers l'entrée en lançant à Mima :

« Je parie que c'est Caroline ! Heu... non, ça doit être Rania.

— Ça, c'est sûr que non ! Je te dis que c'est Léa. J'en mets ma main à couper... »

Quand Mima entend la voix de l'amie de Lila, un grand sourire traverse son visage. Elle aurait aimé que sa fille aînée montre de la motivation à l'épauler en un jour pareil, mais c'est peine perdue. Jamais Rania ne fera passer l'autre avant son confort personnel.

Léa boit son café en souriant. Aujourd'hui, elle savoure chaque instant. Mima est en train de lui préparer des crêpes aux mille trous fourrés de beurre et de miel. Elle les adore, celles-là.

Être ici, dans la famille de Lila, comme l'une des leurs, c'est son plus beau cadeau de Noël. Enfin, elle se sent à la maison. Pas comme chez Liliane, son intello de mère, qui est pourtant cool et même très drôle, mais qui, à part le brunch, ne sait rien faire. Aussi Léa préfère-t-elle éviter sa viande, trop cuite, ses légumes, pas assez assaisonnés. Quant aux proportions, n'en parlons pas, on meurt de faim dix minutes après être sorti de table.

Pour attirer l'attention, Léa demande :

« Dites, madame Zemmouri, vous m'avez préparé une liste ?

— Non, ma petite ? Une liste de quoi ? Une liste pour le Père Noël ?

— Ha ha, très drôle. Mais non, pour le boucher. »

Eva, qui passe dans la cuisine à ce moment-là, attrape la liste sur le frigo et la tend à Léa.

« Tiens, la voilà ta liste, tu sais bien que Mima adore te taquiner... »

Eva aime bien l'Iroquoise. Elle a hâte de voir sa tête quand elle découvrira son cadeau de Noël. Lorsque le tirage au sort l'a désignée, son premier réflexe a été d'aller dans un magasin de fringues, mais elle a tourné en rond sans rien trouver. Non, elle ne connaît pas assez Léa, ni ses goûts ni sa garde-robe, pour faire un choix. Eva s'est alors souvenue que Lila avait taquiné un jour Léa en disant qu'elle cuisinait comme un pied. *La Cuisine pour les nuls*, c'est pas mal comme idée, non ?

Si Eva n'était pas si morose, c'est sûr elle aurait accompagné Léa à la boucherie, mais, là, elle se sent amorphe. Depuis trois jours, Joachim est aux abonnés absents. Ça lui donne des envies de mourir. Elle le déteste, oui, elle le déteste. Et elle déteste la vie. Cette journée de cuisine avec Mima et ses tantes n'y changera rien.

Elle hésite tout de même un instant en tendant la liste à Léa. Mais non, elle se ravise, elle n'a vraiment pas envie de sortir. Mima s'en rend compte illico.

« Hé, ma jolie, tu vas pas nous faire cette tête toute la journée. C'est notre journée à nous, les femmes. Hein, on est d'accord ? »

Et sans transition ni attendre sa réponse, elle part sur le balcon chercher une botte de carottes et la pose sur le plan de travail. Petit clin d'œil à Eva.

« Tiens, épluche-moi ça et coupe-les en rondelles, ça te changera les idées ! »

L'heure tourne. Eva et Léa sont maintenant à leur poste. En silence, elles épépinent les poivrons et les découpent en fines lamelles. Ça va, elles font ça bien, il n'y a pas trop de perte. Mima déteste quand on jette pour rien. Diable, la vie ne nous appartient pas.

Caroline, elle, s'affaire toute seule avec les patates. Rania, sa binôme, est encore en retard. Elle a déjà appelé deux fois pour dire qu'elle arrivait. Mima fulmine intérieurement. En plus, Caroline épluche trop grossièrement. Elle lui a pourtant conseillé d'utiliser un couteau plutôt que ce fichu économe. Mais bon, elle ne peut quand même pas l'engueuler comme une gamine. Mima tourne la tête vers le bac contenant les oignons et se force à sourire. Rania ne perd rien pour attendre. C'est elle qui s'en occupera !

Caroline la regarde avec ses grands yeux bleus entourés de khôl.

« Alors, madame Zemmouri, vous partez quand en Algérie ? »

Elle l'embête, celle-là ! Mima n'avait pas du tout l'intention d'aborder ce sujet avant l'arrivée de ses filles.

Caroline attend pourtant sa réponse.

« Je ne sais pas..., finit-elle par souffler.

— Ah bon, ça m'étonne, j'ai vu vos valises dans votre chambre. Mais vous savez combien de temps vous partez cette fois-ci ? »

Mon Dieu, quelle plaie ! Impossible de lui échapper. Mima hésite quelques secondes, puis lâche d'un coup :

« Eh bien... je vais partir pour m'y installer définitivement ! »

Eva, bouche bée, la fixe avec stupeur. Quoi ! Mima veut partir pour toujours ? Non, là, ce n'est pas possible. Trop, c'est trop, tout le monde l'abandonne aujourd'hui, c'est ça ?

Mima se fige. Elle n'a qu'une envie, fuir la cuisine pour se dérober à ces questions. Mais Eva la prend de vitesse. Elle bondit sur son smartphone et s'éclipse dans la salle de bains.

Pendant ce temps, Léa nettoie les ustensiles dans l'évier, lentement et en faisant le moins de bruit possible. Seule Caroline fait face à Mima. C'est drôle, sa belle-mère lui semble aujourd'hui plus petite que d'habitude. Pour la rassurer, elle lui décoche un sourire plein de compassion. Mima la déteste. Caroline lui paraît encore plus retorse qu'une vieille sorcière du bled.

« Mais, c'est très bien, c'est très bien, madame Zemmouri... Vous en avez bien le droit. Mokhtar va être ravi ! »

C'est la meilleure, celle-là ! Son fils va être ravi que sa mère parte loin ? Mima est tellement choquée d'entendre ça qu'elle a envie de l'insulter.

Pour reprendre ses esprits et gagner du temps, elle fait mine de chercher quelque chose. Elle s'attendait à tout, mais pas à ça ! Vous pouvez partir, pas de souci, tout le monde sera content. Et puis quoi encore ? On n'attendait que ça, que vous partiez...

Mima sent les larmes lui monter aux yeux. Mais elle se retient.

Vite, faire quelque chose. Elle attrape le plat de carottes pour l'assaisonner d'ail et de paprika et fait mine de ne pas être affectée par ces propos.

« Ne vous inquiétez pas pour moi, j'ai de quoi m'occuper, je ne vais pas m'ennuyer ! »

Elle avait prévu de parler de sa solitude, de la douleur de n'être plus utile à personne, de son besoin de renouer avec la terre de son enfance... Mais là, rien. En plus, ses filles ne sont toujours pas arrivées. À quoi bon parler ? Son monde d'ici et le monde d'hier sont décidément impossibles à relier.

Elle pose devant elle le bol d'ail haché, la salière et la poivrière en forme de lapin, l'huile d'olive et la bouteille de vinaigre. Il est temps de préparer l'assaisonnement. Nerveusement, elle secoue le lapin blanc par les pattes. Une fine couche se dépose sur les carottes, puis plus rien. Elle secoue, secoue encore. Ah, flûte, le lapin est vide. Ça ne lui plaît pas du tout. Elle fouille dans le placard, vide l'étagère. Rien. La panique commence à l'envahir. Elle appelle Eva. Être à court de sel un jour pareil n'augure rien de bon. Son front devient humide. Eva comprend que sa Mima est sur le point de craquer. Alors, elle se penche vers elle et lui glisse tout bas :

« T'inquiète, Mima, je vais t'en chercher à Franprix. »

Caroline regarde par la fenêtre, elle a l'air absente. Elle ne s'attendait pas du tout à cette annonce. Mon Dieu, c'est affreux, ce serait donc le dernier Noël chez Mme Zemmouri ?

« T'es gentille Eva. Je vais devenir folle, Ya Rabi ! »

Elle n'aime pas ça, Mima, non, pas du tout. Le sel dans un plat, c'est là que tout se joue !

J –1 après-midi

« Tu veux quoi ? Qu'on reste juste entre nous ? Au moins, quand il y a des gens de l'extérieur, on se dit que c'est normal de ne pas se comprendre, qu'il faut expliquer, détailler, raconter les tenants et aboutissants… Tandis qu'ici, on pense que c'est évident. Mais rien n'est évident. Tiens, par exemple, je suis qui pour toi ? »

Furieuse, Lila a envie de gifler son frère. Le malheureux, de passage chez sa mère, a eu la mauvaise idée de commenter la nouvelle du jour : la venue de deux invitées surprise pour le repas de Noël, Zouleikha, une vieille tante du bled, et Yasmine, une lointaine cousine.

Il est vrai que la nouvelle a pris tout le monde de court. Un coup de fil et il faut ajouter deux couverts pour le réveillon. Mais ce n'est quand même pas une raison pour dire : « Les envahisseurs débarquent ! »

Zouleikha a appelé en fin d'après-midi, juste au moment où Mima rangeait la cuisine. Rania était dans sa chambre comme à la grande époque, Lila sur le balcon en train d'enchaîner les coups de fil, Eva dans la chambre qu'occupait son père quand il vivait là, et Caroline dans l'alcôve du salon. Mima n'aimait pas que l'on mette le bazar dans ses affaires, c'est elle qui a gentiment congédié les femmes de la cuisine en leur proposant d'aller se rafraîchir et se reposer dans leur coin. À l'unanimité, elles avaient accepté que Léa passe la première à la douche. L'ambiance était calme, tout s'était bien passé. Rania et Lila ne s'étaient même pas crêpé le chignon, seulement quelques petits piques, trois fois rien qui s'étaient soldés par des regards en biais. Si bien que Mima n'avait pas eu à faire de grandes annonces pour son départ en Algérie, et elle s'était contentée d'informer les unes les autres de la venue de Zouleikha et Yasmine.

Ayant repris son souffle, Lila redémarre sa tirade aussi sec.

« Je suis ta petite sœur, l'écervelée de la bande qui se prend pour une star ! C'est ça que tu penses de moi, n'est-ce pas ? En fait, je vais te dire, tu ne me vois pas parce que l'on ne se regarde pas. Parce que ma vie et la tienne n'ont rien en commun ! »

Mokhtar la dévisage, tout en défroissant nerveusement les manches de sa chemise. Au bout d'un moment, il finit par craquer :

« Ok, si tu veux, mais t'es quand même là à préparer le repas avec les femmes de la maison. »

Caroline, Léa, Rania, Eva et Mima sont toutes là à s'affairer autour de la table basse du salon. Elles font mine de ne pas s'intéresser à la conversation et enchaînent les allers-retours à la cuisine pour aller chercher le café, les jus de fruits et les cacahuètes.

Lila n'en revient pas d'un tel culot. Lui qui joue au mari idéal à la maison et se permet de baiser ses copines à la sortie des bars. Cela fait deux jours qu'elle sait pour Samia, deux jours qu'elle est furieuse. Et voilà qu'il s'amuse à la renvoyer dans les cordes. Le sourire mauvais, elle riposte de plus belle.

« Quand tu sauras que j'aime les femmes, est-ce que tu auras encore envie de m'appeler Chupa-Chups ? »

Mokhtar se recroqueville sur lui-même. Ça fait trop d'un coup. Il enlève ses lunettes, les pose sur la table et défait les deux premiers boutons de sa chemise. Il fait une chaleur ici, on se croirait au hammam. C'est vrai que depuis qu'elle a quitté Alex, Lila a un drôle de look avec ses santiags et ses jeans à franges, mais quand même, il ne l'imaginait pas lesbienne !

Il fixe sa sœur, tellement sonné qu'il ne trouve rien à dire. Il se raccroche à «Chupa-Chups». Il a rangé ce souvenir dans un recoin enfoui de sa mémoire. Mais c'est vrai, elle aimait bien les sucettes, sa frangine. Elle en avait toujours à la bouche. «Chepeu pas te dire qui me l'a donnée», disait-elle, avec sérieux. Alors Mokhtar, un peu amusé, un peu jaloux, l'avait surnommé Chupa-Chups.

Il adorait sa petite sœur, elle était si mignonne. Pas comme sa jumelle, une vraie peste, celle-là ! Et d'une pingrerie, n'en parlons pas. Jamais, au grand jamais, Rania n'a partagé de bon cœur un gâteau ou une sucrerie, même si c'était quelque chose qu'elle détestait. Lila, en revanche, était douce et silencieuse au point qu'on l'oubliait parfois. Elle pouvait passer des heures à jouer à la poupée ou aux Lego, à dessiner ou à faire du coloriage en silence. Elle était dans sa bulle, paisible. Les heures qu'il passait près d'elle étaient fabuleuses. Il se sentait inspiré et fort comme Spider-Man. Dans ses rêveries, il escaladait souvent la façade de l'immeuble d'en face. Mais là, ce que Lila vient de lui balancer, ce n'est pas une invitation à escalader un petit immeuble de la rue Sainte-Marthe, ah non, là, c'est au moins l'Empire State Building. Et, en plus, ça glisse !

Mokhtar tourne la tête vers la fenêtre. Il pleut en cette veille de réveillon, c'est vraiment la poisse...

Toujours sous le choc, il darde un regard froid sur Lila. D'un ton grave, il finit par dire :

« Mais c'est très bien, c'est très bien... »

Lila l'observe avec une expression farouche, prête à bondir. Les autres, bien contents d'être à la place des spectateurs, osent à peine respirer.

« Oui, oui, c'est très bien », répète Lila tout en empilant des verres à thé vides sur la table. Elle ne pensait pas aller si loin dans les aveux aujourd'hui. La veille encore, elle se répétait en boucle qu'elle voulait garder ce secret pour elle. Même à Élise, sa meilleure amie, elle n'avait rien dit. Mais là, elle a explosé. L'envie de tout déballer a vaincu ses dernières réticences. Il en va de sa vérité.

Cette arrivée impromptue de la famille du bled précipite le crash-test : soit elle parle et se poste du bon côté, soit elle fait comme tout le monde en esquivant la vérité, et dans ce cas-là bye-bye sa singularité d'artiste, elle ne vaut pas mieux que tous ces menteurs hypocrites qui passent leur vie à imiter les autres. « Les envahisseurs arrivent » ! Comment son frère peut-il être si cassant ? Lui, le musulman de service toujours prêt à faire des leçons de morale sur la prière et le jeûne... Lui, le fils modèle. Hypocrite, va ! Plutôt tout exploser que lui ressembler.

Léa exulte. Ah oui, pas de doute, c'est le plus beau Noël de sa vie !

Mima attrape la théière et le reste de pignons. À la surprise de tous, Rania s'active aussi. Elle prend le verre de thé, encore à moitié plein, de Caroline. « Mais non, pas celui-là », lâche Mima entre ses dents, sans même la regarder. Mokhtar contemple ce ballet de mains fébriles qui s'agite devant lui. Diable, pourquoi faudrait-il absolument qu'il réagisse ? Lila a toujours été une excentrique. Alors, lesbienne, pourquoi pas, si ça lui chante ? Ce n'est pas *halal*, mais bon, dans ce domaine, elle n'est pas à son premier coup. En plus, il n'est pas son père, ni sa mère. Cette dernière use justement de sa tactique habituelle quand les choses tournent mal : elle fait mine de ne rien entendre. Tout en la regardant s'éloigner vers la cuisine, Mokhtar note une chose étrange. Le pas de Mima est normal, sa tête ne dodeline même pas, un tic qu'elle n'arrive généralement pas à réprimer quand elle est énervée. Il a la certitude à présent que sa mère le savait déjà. Mokhtar se sent mal. Il toussote doucement. C'est cette pilule-là qui est la plus dure à avaler. Sa mère ne lui en a pas touché un mot ! Pas même une allusion. Pour chercher un peu de soutien, il pointe son regard vers Caroline. Ses épaules tressautent malgré lui. L'expression de sa femme n'est que dégoût et effroi, et elle se ronge les ongles avec une telle application. On dirait qu'elle veut les arracher.

Caroline aime que les choses soient carrées. C'est bien pour ça qu'elle a choisi Mokhtar. Il cochait toutes les cases : célibataire, informaticien, musulman pratiquant, pas fumeur, sportif. Maintenant, il faut ajouter : une sœur lesbienne ! Quelle horreur ! Jamais elle n'aurait pu imaginer ça. Elle était tombée amoureuse de son mari parce qu'il était gentil et lui apportait ce cocon familial qui lui avait tant manqué dans son adolescence, marquée par la disparition précoce de sa mère et la cruauté de la femme qui partageait la vie de son père. Une esthéticienne sadique qui ne manquait jamais une occasion de lui dire qu'elle était trop grosse et mal fagotée. La conversion à la religion musulmane, Caroline l'avait voulue pour sceller son amour avec Mokhtar, mais aussi pour faire rager sa belle-mère. Et ça n'avait pas loupé, elle ne se parlait plus. Mais que vont dire ses copines de la mosquée à présent ? Mon Dieu, la *hchouma !* Et ce satané ongle qui ne veut pas se lisser !

Et comment va-t-elle présenter Léa maintenant, comme sa belle-sœur ? *A'aoudhou bil-lahî mini shitan rajin, A'aoudhou bil-lahî mini shitan rajin, A'aoudhou bil-lahî mini shitan rajin...* Elle répète mentalement les incantations pour chasser le diable. Mais rien à faire, l'angoisse l'étreint toujours autant. Elle lève les yeux vers Mokhtar. Il lui sourit timidement. S'il ne s'énerve pas, c'est qu'il devait déjà le savoir, rumine-t-elle en silence. Aujourd'hui, *wallah*, l'enfer vient de s'ouvrir sous ses pieds ! Depuis sa conversion, Dieu a pourtant été bien miséricordieux et généreux avec elle. Il l'a guérie de ce vide sidéral qui l'habitait. Pas un jour elle n'a regretté d'avoir abandonné sa carrière de youtubeuse beauté-développement personnel. Maintenant qu'elle est comptable à la SNCF, la vie est moins excitante, c'est sûr, mais au moins elle est sereine. Oui, absolument sereine. Allah l'accompagne. Ce n'est pas à la mosquée ni dans son bureau, où elle est devenue la reine d'Excel, qu'elle rencontrera un de ces vampires qui traînent sur le Net. Mais aujourd'hui que se passe-t-il ? Pourquoi Dieu abandonne-t-Il sa famille ? *Starfoulha Rabbî matkhali, ya Rabbî, ya Rabbî, Starfoulha, Starfoulha...*

Jour J

Tante Zouleikha s'installe en bout de table, à la place habituelle de Mima. À l'unisson, les enfants lèvent les yeux vers elle d'un air perplexe. La tante, mine de rien, déplace une assiette en marmonnant :

« Ma petite nièce se mettra là, à côté de moi ! »

Le message est clair. Quoi que vous en disiez, c'est moi la cheffe aujourd'hui, c'est comme ça que ça se passe chez nous. Honneur aux aînés !

Tout le monde baisse les yeux. Ce n'est pas le jour de se disputer.

Seule Rania, qui plane pourtant à huit mille depuis son retour d'Italie, darde sur elle un regard noir. Elle n'aime pas du tout ce petit jeu. Pour qui se prend-elle ? Les manières de cette vieille chouette, sa façon de parler, son air de penser qu'elle a des droits sur cette maison, sur sa mère et sur eux lui donnent des envies de meurtre. Cette histoire va mal tourner. Passe encore qu'elle s'invite à la dernière minute avec seulement un paquet de dattes sous le bras, mais un peu de respect ! C'est fini la loi de la tribu, on est bientôt en 2017 !

Yasmine, en revanche, paraît plus rigolote, bien que stressée. En attendant que Mima et Eva apportent les entrées, elle s'applique à vider le bol d'olives à un rythme effréné.

« Ounessa est encore en retard ! Toujours à ses fourneaux, hein... », lance de nouveau Zouleikha, d'un air supérieur.

Les yeux se relèvent, surpris par cette nouvelle estocade. C'est quand même la première fois qu'elle dîne dans cette maison ! Mais, là encore, chacun esquive l'attaque. Rania bout sur place. La vieille tante la regarde de travers, puis se tourne lentement vers Léa avec une expression maussade et dégoûtée qui en dit long sur le mépris qu'elle a pour les femmes sans mari et surtout sans enfants.

Trop, c'est trop !

« Elle est bien bonne, celle-là ! Vous la connaissez mal, ma mère, pour dire des choses pareilles ?

— Laisse tomber, Rania. » souffle Mokhtar.

Tante Zouleikha se met à ricaner.

« Ah si, détrompe-toi, je la connais très bien, ta mère, et je vais te dire une chose. Alors écoute-moi bien : je la connais même mieux que toi ! Ta mère, ta grand-mère... »

Mima et Eva arrivent à cet instant précis, les mains chargées d'un plat de *bourek* parsemé de citrons coupés en quartiers, et d'une salade de poivrons joliment décorée d'olives noires.

Le sourire de Mima s'efface d'un coup.

« Qu'est-ce qui se passe ici ? Vous avez relancé la guerre civile ou quoi ?

— Presque, ironise Mokhtar. Tata Zouleikha a décidé de réveiller les morts... Les tiens surtout !

— Ah bon, c'est quoi cette histoire, Zouleikha ? poursuit Mima en forçant sur l'accent français.

— Quoi, c'est pas vrai que je te connais mieux que tes enfants ? Vous fêtez Noël *zarma*, normal, comme si vous étiez des Français... Je suis sûre qu'ils ne savent pas que leur grand-mère était une *cheikha* et qu'elle dansait pour les hommes. Chez vous, les femmes, elles sont vraiment... très, très libres ! »

Silence général.

Les regards s'affolent autour de la table. Les yeux de Lila s'accrochent à ceux de Rania, mais celle-ci fixe Mokhtar qui lui-même cherche refuge auprès de Caroline, laquelle préfère s'arrimer à Eva, dont le regard calme et étonné en direction de Léa semble dire : « Tu as compris ? »

Seul le visage de Mima reste rivé sur le plat de *bourek*.

Zouleikha exulte. Elle croise les bras sur la poitrine, fière d'elle et de l'importance qu'elle a finalement prise dans cette maisonnée.

« Et alors ? »

Tout le monde se tourne vers Aïssa. Lui, le grand taiseux, hausse la voix :

« Qu'est-ce que tu cherches en racontant ça ? À nous rendre honteux et malheureux ? Je te préviens, tu n'as pas frappé à la bonne porte. »

Chacun acquiesce de la tête. Même Yasmine semble satisfaite de voir enfin quelqu'un affronter sa dragonne de vieille tante.

« Attends, c'est quoi, cette mascarade ? éructe soudain Mokhtar. Elle traite notre grand-mère et nos sœurs de *karba*, et nous on dit ok, normal !

— Mais...

— Quoi, Aïssa ? Quoi ? Tu es le fils aîné dans cette famille, fais-toi respecter !

— Tu ne le savais pas ?

— Je ne savais pas quoi ? lui crache Mokhtar au visage.

— Eh bien, le fait que le grand-père a rejeté sa belle-fille danseuse...

— Ce n'est pas vrai, ce n'est pas la faute du grand-père ! Jamais je ne laisserai dire une chose pareille ! coupe furieuse Mima. Qui t'a dit ça ?

— J'ai entendu les cousins au bled raconter ça, il y a longtemps. Mais moi, je m'en fichais, maman. Je m'en fiche de tout ça !

— C'est affreux la médisance, c'est affreux...»

Mima se recroqueville sur elle-même.

Elle a envie de disparaître.

Depuis une demi-heure, Mima Ounessa reste assise dans son fauteuil, tête baissée, les mains jointes sur les genoux. Le choc l'a laissée sans voix. Désormais, elle revient peu à peu à elle, sa respiration commence à s'apaiser et ses traits se détendent. Non ! Elle ne va pas laisser Zouleikha l'insulter. Elle va reprendre son souffle et parler, oui, cette fois, elle va parler.

Pendant ce temps, Zouleikha se regarde avec gourmandise dans le miroir fixé au-dessus du buffet. Elle a sorti son peigne en bois et replace les mèches rebelles que le brushing du matin n'a pas assez disciplinées. Elle semble contente d'elle. Elle a enfin pris sa revanche sur la préférée du patriarche, cette petite usurpatrice qui lui a volé sans vergogne l'affection de son père...

Un sourire aux lèvres, elle s'admire.

Pour la première fois de sa vie, Mima a envie de la griffer au visage. En même temps, elle est fascinée par la force que lui procure son sans-gêne.

Zouleikha se retourne et jette un regard apitoyé à sa nièce, de seulement cinq ans sa cadette, mais qui en paraît beaucoup plus, avec ses cheveux blancs.

C'est d'ailleurs sur ce sujet qu'elle a entamé les hostilités cet après-midi. « *Salam aleikoum*, ma chère Ounessa. Tu as l'air en forme, c'est bien. Mais, quand même, je te l'ai déjà dit, tu devrais vraiment recommencer à te faire des teintures. C'est pas parce qu'on

est vieille que l'on doit se laisser aller ! »

Mima n'a pas relevé la pique. Elle a accueilli sa tante avec le sourire et les marques de respect dues à son rang. C'est comme ça, la famille, *mektoub*, elle est comme elle est. Alors, le plus naturellement possible, elle lui a fait visiter l'appartement dans ses moindres recoins et lui a montré sa *gandoura* de fête.

Elle l'a aussi laissée se plaindre longuement, de tout et de rien. L'Algérie qui va mal, la famille qui se déchire, l'argent qui manque et, bien sûr, ses dents abîmées qui l'obligent à revenir dans ce pays de malheur. Ce pays qu'elle a quitté il y a dix ans, après la mort soudaine de son mari mais, dont elle a toutefois gardé la Carte vitale grâce à une domiciliation factice chez Yasmine qui vit désormais à Bordeaux. Une ville comme il faut où les Français sont propres, riches et respectables, pas comme « ce maudit Barbès, plein de pouilleux » où, à son grand désespoir, elle a pris une chambre d'hôtel.

« Vraiment, Ounessa, je ne sais pas comment tu fais pour vivre ici, avec tous ces barbares, ces voleurs et ces menteurs ! »

Là encore, Ounessa n'a pas relevé l'affront. Elle n'avait pas le courage de se battre contre l'indéracinable jalousie des *blédards* envers les immigrés… *Ce problème sera bientôt derrière moi*, a-t-elle pensé. *Si tout se passe comme prévu, dans quelques mois je ne serai plus l'immigrée et Zouleikha deviendra incontournable, alors patience !*

Malgré ses quarante ans passés en France, Mima sait comment les gens se comportent au bled. Il faut accepter d'être maltraité par la famille, sinon on n'est plus rien.

Mais, depuis une heure, les choses ont changé. Zouleikha a passé les bornes. Sa langue de vipère a remis les compteurs à zéro. À quoi bon la ménager maintenant ? Mima regarde le reflet de sa tante dans le miroir et soudain un étrange sourire se dessine sur ses lèvres.

« Tu sais, Zouzou, ta coupe est vraiment horrible. Tu as perdu tellement de cheveux qu'on voit le rose de ton crâne », assène-t-elle d'un ton calme et faussement détaché.

Zouleikha se glace d'un coup. Elle ne s'attendait pas à cette riposte. Depuis longtemps, plus personne ne se permet avec elle ce genre de remarques. Elle est une des plus vieilles de la famille, celle que tout le monde respecte.

Elle ne sait quoi répondre. Nerveusement, elle palpe l'arrière de son crâne. *Mon Dieu, ça se voit tant que ça!* fulmine-t-elle intérieurement.

Mima prend alors une longue inspiration et se lance:

«Et puis, il va falloir que tu demandes pardon à mes enfants, c'est mal ce que tu as dit, tu n'as pas le droit de parler comme ça de ma mère, *Allah y rahma!* Ce n'est pas parce que tu es pauvre que tu dois tout te permettre!»

Zouleikha est sous le choc. Sans détour ni message crypté, sa nièce vient de lui balancer au visage une vérité toute nue, implacable. Mon Dieu, c'est vrai ça, Ounessa est vraiment devenue une vraie Française à force de vivre ici. Elle fixe un moment le visage énigmatique de sa nièce. Pour la première fois, elle la trouve aussi belle qu'effrayante. Rien ne semble l'atteindre.

«Et puis, je t'interdis de juger mes filles! Tu ne voudrais pas que je te rappelle ce que tu as fait avec Dahmane, le mari de Zineb. Leur couple ne s'en est jamais remis...»

Zouleikha tremble. Elle a froid. En quelques secondes, elle est devenue cette vieille femme fragile et misérable qui suscite le dégoût. Elle se précipite vers la salle de bains pour arranger sa mise en plis !

Dans la cuisine, Mokhtar, Caroline et Rania entourent Aïssa, qui, attablé devant un verre d'eau, attend la sentence. Mokhtar, resté debout à côté de Caroline, attaque le premier.

« Mais pourquoi tu ne nous as rien dit ?

— Ça ne sert à rien de remuer tout ça. Maman était déjà bien assez malheureuse comme ça. »

Les veines du cou de Mokhtar sont gonflées. Caroline pose la main sur son dos et la retire aussitôt. Elle le sait, dans ces moments-là, un rien peut le faire exploser, et même devenir violent. Aïssa boit une gorgée d'eau lentement. C'est le comble, c'est lui, l'accusé. Il prend une longue inspiration.

« C'est quoi, ton problème ? Tu n'aimes pas les danseuses, c'est ça ?

— Non ! Arrête tes conneries. Tu sais bien que ce n'est pas ça, il y a juste que j'aimerais connaître la vérité sur les miens. Hier Lila nous apprend qu'elle est lesbienne, aujourd'hui on découvre que maman veut rentrer au bled et qu'elle vient d'une tribu de saltimbanques. Hé ho ! C'est quoi, cette famille ? »

Aïssa a un coup de chaud, il sue de la tête aux pieds. Il se lève et vient s'asseoir à côté de Rania.

« Tu ne dis rien, ça va toi ?

— Oui, j'encaisse...

— Bien.

— Non, en fait, je suis soulagée.

— ...

— Oui... Au moins, on comprend mieux ce qui dysfonctionne dans cette famille. Pourquoi tout ce silence, pourquoi Maman nous a coupés des traditions de là-bas, pourquoi elle a préféré qu'on s'éloigne d'elle... Avant, je prenais ça pour un manque d'amour. Maintenant je comprends, elle n'avait pas le choix. Elle ne voulait pas que l'on porte le poids de la honte. »

Caroline a attaqué son majeur. Elle le ronge avec frénésie, elle qui pensait être une bonne convertie, pas comme ces illuminées de la mosquée qui sont devenues musulmanes sur Internet.

Mokhtar tourne la tête vers sa femme. Elle semble si pathétique qu'il a presque envie d'en rire. L'image qu'elle lui renvoie n'est vraiment pas glorieuse. N'était-il pas lui aussi en train de céder à la tentation de vivre dans le mensonge pour ne pas avoir à affronter le regard des autres ? Pire encore, pour ne pas avoir à vivre avec sa vérité.

Le château de cartes de sa mère vient de s'écrouler. Ce n'est peut-être pas une si mauvaise nouvelle, finalement.

Dans la salle de bains, l'ambiance est tout aussi électrique. Lila n'arrive pas à décolérer. Elle en bégaie presque :

« Tu te rends compte, Léa, cela fait cinq ans que je suis en psychanalyse. Cinq ans ! Je pleure à me vider de toute mon eau à cause du manque de reconnaissance des miens. De mon sentiment de n'être jamais à la hauteur. De ne jamais correspondre à ce que l'on attend de moi... Alors que la vérité, la vérité, c'est que, depuis que je suis née, je suis face à quelqu'un qui ne me dit pas qui il est. Ma mère, la vache, ma mère...

— Oui, mais...

— Je marche dans le noir, je trébuche, je me perds... Je deviens mutique. J'ai les nerfs à fleur de peau. Et elle, à aucun moment, elle ne se dit qu'il faudrait me raconter des choses sur mon histoire, sur cette souffrance qu'elle trimbale et qu'elle nous fait trimbaler...

— Bon, en même temps, tu m'as rencontrée, susurre Léa dans un tendre sourire.

— Oui... Et tu te rends compte, elle voulait partir en Algérie, comme ça, sans rien dire !

— Elle avait peut-être des choses à régler avant », risque Léa.

Assise sur le bord de la baignoire, Eva fixe son portable. *Bah... Joachim finira bien par répondre !* Elle lève les yeux et regarde maintenant Lila avec une détermination que sa tante ne lui connaissait pas.

«Oui, Lila, Léa a raison. Mima avait peut-être des choses à régler avant de nous en parler. On ne peut pas la juger comme ça. Mima doit composer avec la vie d'ici, les règles de là-bas, son attachement à son grand-père et surtout le fait de ne jamais avoir eu de mère ! Ce n'est pas simple. Je dirais même, c'est mission impossible. Nous-mêmes, on a fait si peu d'efforts pour la comprendre...»

Abasourdie, Lila se sent complètement larguée. Vite un peu de sophro. Elle prend une respiration par le nez et bloque l'air dans ses poumons. *Oublie ta douleur, oublie-la.* Elle expire un filet d'air. *Oublie-la, oublie-la...*

Yasmine, qui s'est fait discrète jusqu'ici, regarde Lila en souriant avec une expression narquoise. *Quel cinéma ! Elle est vraiment gonflée, la cousine. Elle amène sa copine chez Mima le soir de Noël, normal, et cette privilégiée ne se rend pas compte de sa chance ! Mima a peut-être une ascendance licencieuse, et alors ? La belle affaire. Au contraire, elle devrait être contente de vivre sans le poids du passé et de la religion.* Elle tourne la tête, croise le regard de Léa qui semble avoir entendu ses pensées et elle éclate de rire.

«Bon, les *cheikhettes*, faites pas la gueule comme ça. C'est pas *halal* tout ça, mais c'est bien de chez nous. Allez, on va pas se laisser abattre par la méchanceté, on va le fêter, ce Noël ? »

Yasmine attrape un foulard accroché à une patère, le tend entre ses deux mains et se met soudain à danser en donnant des coups d'épaule. « *Wahdek, wahdek,* Léa... *Shalom shalom,* Eva... »

Surprises, Léa et Eva se laissent entraîner par sa bonne humeur. Elles entourent à présent Yasmine, lèvent les mains au-dessus de leur tête et les secouent comme des marionnettes. Ce n'est sûrement pas comme ça qu'il faut faire mais, au point où elles en sont, elles s'en fichent. Elles ont juste envie d'échapper aux angoisses de Lila. Et ça marche : celle-ci se met à rire sous cape.

On toque à la porte. Elles s'arrêtent net. C'est Zouleikha qui veut aller aux toilettes. Yasmine ouvre et à la vue de la vieille sorcière, elles s'enfuient comme des moineaux !

Eva rejoint Mima, prend ses deux petites mains fripées entre les siennes et les caresse doucement.

« C'est compliqué, la famille, ma petite Mima...

— Oui, ma toute belle. Mais maintenant, je sais ce que je dois faire. Je ne peux pas retourner vivre là-bas, ma vie est ici. Je dois juste y aller pour régler mes affaires. Je ne veux pas que mes filles soient lésées. Ce n'est pas juste que les garçons aient deux fois plus d'héritage qu'elles. Et puis, j'ai compris une autre chose...

— Oui, ma Mima...

— Je ne pourrais pas partir longtemps loin de toi. Je veux te voir grandir, ma mignonne. Je suis bien ici avec toi.

— Tu sais, Mima, moi aussi, j'ai quelque chose à te dire.»

Mima sourit tendrement. Sa petite Eva est une pure consolation pour elle.

«Mon amoureux...

— Oui.

— Il est juif... et franco-israélien. Il s'appelle Joachim.

— Ah, voilà, c'est du joli!»

Puis, se rappelant soudain qu'elle vient de se battre contre le venin de l'intolérance, d'une voix enjouée elle ajoute:

«Bon, au moins, c'est un garçon, c'est déjà ça!»

Eva fronce les sourcils.

«Arrête un peu avec les garçons, les garçons... Il n'y a pas que ça dans la vie!

— Tu as raison, ma petite. C'est toute mon éducation que je dois refaire!

— Oui, la mienne aussi, ma Mima. Raconte-moi mon ancêtre la danseuse. Dis-moi l'histoire de ta mère, *Y hachek*. Et c'est quoi, une *cheikha*, d'abord ? »

Ounessa se met à dodeliner de la tête. Ce n'est pas un peu fini, cette histoire !

Eva la regarde tendrement. Ses yeux bleus sont limpides. La petite sait s'y prendre avec elle. Quand elle a dit *« Y hachek »*, elle a fait tomber toutes ses défenses. Mima ne veut-elle pas, au plus profond de son cœur, que ses enfants se rapprochent de son passé ? Bon, elle n'a pas pensé à cette histoire-là. Pour elle, le refuge, c'est son grand-père, mais d'accord, si c'est la légende des femmes du Djebel Amour qu'Eva veut entendre, allons-y !

« Ma petite chérie, voici ce que tu dois savoir. Du côté de ma mère, nous descendons de la grande tribu des Zénètes. Tes ancêtres étaient des caïds du Djebel Amour. Et tes aïeules n'étaient pas des danseuses mais des guérisseuses…

— Des guérisseuses du Djebel Amour, trop la classe ! Mais il est où, ce Djebel ? » s'exclame Eva, toute frétillante.

À cet instant, un mouvement se fait entendre dans le couloir.

En sortant de la salle de bains, Zouleikha a trouvé tous les enfants, et même Yasmine, agglutinés devant la porte de la salle à manger. Intriguée, elle s'est rapprochée sur la pointe des pieds.

Zénètes, c'est quoi ça ? Des balivernes ! a-t-elle aussitôt pensé.

Malgré elle, sa bouche a émis un son désapprobateur. Cinq paires d'yeux se sont braquées sur elle.

Rlass, ça suffit maintenant ! Il y en a marre de se faire insulter.

Sans hésiter, Lila lui tend son sac. Rania pose son manteau sur les épaules de la vieille tante et Léa, qui ne veut pas être en reste, lui désigne du doigt son foulard accroché à la patère.

Zouleikha s'exécute, elle a hâte de partir. Pendant la manœuvre, Yasmine évite habilement de croiser son regard. Avec Mokhtar et Aïssa, elle fait mine d'être absorbée par ce qui se passe au salon.

Si elle a perdu sur toute la ligne, Zouleikha ne cédera jamais sur le plan de la méchanceté. Tête baissée, le sourire mauvais, elle maugrée entre ses dents « *Ya roula !* Toi aussi Yasmine, *ihoudiya*, tu dois faire partie de la tribu des Zézètes ! »

Et elle sort de l'appartement en claquant la porte.

Le départ de la vieille tante libère d'un seul coup une énergie joyeuse :

« Allez, *yala*, on va fêter Noël ! » lance Aïssa.

Dix minutes plus tard, les voilà de nouveau tous réunis autour de la table, suspendus aux lèvres de

Mima. Eva, assise à côté de sa grand-mère, enchaîne les questions :

« Raconte-nous, Mima. Elles guérissaient quoi, nos ancêtres ? Le mal d'amour ?

— Ha ha ha, t'es mignonne, toi. Non, de ça personne ne guérit. C'est une maladie incurable, *habibti*. Non, tes ancêtres du Djebel Amour soignaient de l'infertilité. Disons qu'elles avaient une technique bien à elles...

— Allez, vas-y, dis-nous ! C'est en dansant qu'elles faisaient venir les enfants ? rigole Eva.

— Mais non, arrête tes bêtises. Ça, ce sont les âneries de l'autre vieille chouette qui ne connaît que les *cheikhates* de pacotille.

— Les *cheikhates*, mais c'est quoi ça ?

— Les *cheikhates*, ce sont les orchestres de femmes. Avant elles chantaient des *ayta*, des cris, des appels. Elles étaient poétesses, et relataient les grands événements de la tribu. De nos jours, c'est différent. Les *cheikhates* sont là seulement pour divertir, elles racontent tout et n'importe quoi, ça n'a plus rien à voir... Non, autrefois dans la tribu de ma mère, on ne dansait pas, enfin pas plus que dans les autres tribus. On chantait beaucoup, surtout pour les *moussem*, les hommages rendus aux saints Sidi Abdelkader, Sidi... »

Impatient, Aïssa prend le relais :

«Ok, d'accord, mais elles guérissaient comment de l'infertilité ? Tu ne nous l'as pas expliqué.»

Silence.

Mima répond à voix basse, en gardant les yeux rivés sur son assiette :

«Avec leur salive.

— Hein ? Avec leur salive ? s'étonne Léa.

— Oui, avec quelques gouttes de leur salive...

— Waouh ! interrompt Lila. J'adore, mais j'adore cette histoire. Tu crois qu'elles nous ont transmis ce don ? Ce serait vraiment une bonne nouvelle. Personnellement, je l'inscrirai sur ma carte de visite. J'te dis pas comment je vais faire fureur avec toutes mes copines stressées par leur horloge biologique.»

Mima n'en revient pas. Elle plane sur un petit nuage. Jamais elle n'aurait pu imaginer créer autant d'engouement avec l'histoire de sa mère.

«Non mais franchement, maman, reprend Aïssa, qui compte bien lui aussi faire valoir ses droits sur ses ancêtres, ça se passait comment ce rituel ?

— Eh bien, d'après ce que j'ai vu...

— Tu as été en contact avec ces femmes ? Tu es allée leur rendre visite ? coupe Rania du ton pragmatique qui la caractérise.

— Non, je n'y suis jamais allée. Après la mort de ma mère, les liens entre les familles ont été rompus. Moi, j'appartenais exclusivement à la famille du grand-père. Et ils étaient loin, en plus, donc il n'y avait pas beaucoup d'occasions de les rencontrer. Mais, pour mon mariage, le grand-père a fait un geste. Il a invité des femmes de la tribu Zénètes pour qu'elles m'accompagnent dans cette épreuve...

— Et alors ? Elles t'ont fait boire une coupe de salive ? s'amuse Eva.

— Non, ne sois pas bête. Elles m'ont mis du henné sur les mains et les pieds, et même là, entre les sourcils, avec les signes de la tribu. Puis, après les chants et les danses, la plus jeune est allée chercher le talisman de protection qu'avait préparé le *hadj* de leur *douar*. La plus vieille a délayé l'écriture sainte dans un peu d'eau, puis elle a postillonné trois fois dans la tasse et m'a demandé de boire le tout. Alors j'ai bu, en fermant les yeux, pendant qu'elles psalmodiaient, et voilà, c'était fait, j'étais bénie. Je pouvais avoir une belle et vaillante progéniture. »

Le sourire coquin, Mima regarde ses enfants à tour de rôle, elle savoure cet instant de bonheur total.

« Et vous êtes là ! »

À l'unisson, ils éclatent de rire.

« Maman, faut que tu m'emmènes là-bas, j'en ai bien besoin ! déclare sérieusement Rania.

— Moi aussi, moi aussi, moi aussi...» répète Caroline qui, par miracle est redevenue enjouée.

«Promis, je vous amènerai tous au Djebel Amour.». Tous acquiescent d'un hochement tête

«Dis, Mima, c'est où le Djebel Amour ? reprend Eva. Les gens, là-bas, ils parlent arabe ou berbère ? Dis, c'est comment, c'est montagneux...?»

Mima n'est pas à l'aise. Elle ne s'attendait pas à cet interrogatoire. Qu'est-ce qu'elle en sait si c'est beau, là-bas ? Elle n'y a jamais mis les pieds. La tribu de sa mère, elle ne l'a rencontrée qu'une seule fois. Le grand-père a accepté de les recevoir à la ferme pendant une semaine, et puis c'est tout.

«Écoute-moi, Eva, écoutez-moi tous. Je vais vous en parler, bien sûr, enfin du moins ce que je sais... Mais, vous aussi, vous pouvez vous renseigner. Avec Internet, vous en saurez bientôt bien plus que moi.»

Autour de la table, c'est le *Big Bang*, les étoiles semblent avoir été passées au mixeur, les constellations ont changé de forme, Cassiopée n'est plus châtiée et trône de nouveau à l'endroit. C'est beau, c'est magique. Tout le monde a l'air ravi. Mais c'est surtout le sourire des femmes qui a pris de l'éclat. C'est si rare d'entendre des histoires qui les mettent en valeur.

Rania, fidèle à sa raideur légendaire, est toutefois la première à sortir de sa torpeur.

« Merci, maman, c'était très beau ! Mais on a faim maintenant, on le mange ce repas ? »

Coupant Mima dans son élan, Rania retient sa mère prête à se lever.

« Ah non, maintenant il faut que ça change. Toi, tu restes assise, ce soir ! Je vais aller en cuisine. » Puis elle se retourne vers les convives : « Mais je ne vais pas y aller toute seule non plus. Faut pas exagérer. Qui vient avec moi ? »

Elle fait le tour de la table du regard. C'est clair, personne n'a envie de se retrouver en cuisine avec elle.

« Viens, Mokhtar ! Allez, on a juste à réchauffer les plats. »

Moi ? Mais qu'est-ce qui te prend ? semble lui répondre son jumeau. Cela fait des lustres qu'ils s'évitent. Même pour s'envoyer des piques, ils préfèrent passer par des tiers, Lila, de préférence. Elle est tellement soupe au lait qu'elle réagit au quart de tour à toutes leurs manœuvres. Mokhtar ouvre de grands yeux en regardant sa petite sœur, encore éblouie par le conte du Djebel Amour, mais pas complètement perchée pour autant. Elle fait non de la tête. Mokhtar jette alors un coup d'œil désespéré à sa femme. Mais Caroline, à sa grande surprise, lui fait un geste de la main pour lui dire de se lever. Alors il se décide à suivre docilement sa jumelle. De toute façon, il est coincé.

Rania ne l'a pas prémédité mais elle comprend *illico* qu'en interdisant la cuisine à sa mère, elle a pris le pouvoir sur la maisonnée.

Une fois dans l'antre maternel, elle n'hésite pas à faire sa cheffe :

« Mokhtar, regarde un peu ça. Maman n'a pas préparé tous les *bourek*. Sors-nous des tabliers, on va les faire frire. »

Ils se font face et nouent lentement leurs tabliers en se scrutant. On dirait deux cow-boys prêts à l'affrontement. Même taille, même corpulence, mêmes lunettes carrées. Leur gémellité redevient si évidente que, malgré eux, ils se mettent à pouffer.

« Tu te souviens de notre première charlotte ? »

Bien sûr qu'elle se souvient de leur première charlotte aux fraises ! Ils avaient mis un tel bazar dans la cuisine que leur mère avait dû jeter par terre un seau d'eau entier pour nettoyer le carrelage.

Sans échanger un mot, ils revoient la scène et éclatent de rire. En fait, ce n'était pas si compliqué d'enterrer la hache de guerre... Il suffisait qu'ils se retrouvent seuls.

Quelques minutes plus tard, Mokhtar se tient devant les fourneaux en train de faire frire les *bourek* pendant que Rania sort les plats de l'armoire.

« Rania, c'était bien l'Italie au fait ?

— Oui, super bien, Francesca a un bel appartement et elle est vraiment très accueillante. On s'est amusées comme des collégiennes.

— Tu as raison d'en profiter... Tu as tellement raison. Et ça va ? Rachid le prend bien que tu fasses des escapades en solo ?

— Apporte-moi la chaise, s'il te plaît, Mokhtar. Je ne vais jamais réussir à attraper le plat bleu tout là-haut. Tu sais, Rachid, je ne sais pas trop ce qu'il pense en ce moment. Il fait sa vie tout seul... Alors... moi aussi !

— T'as raison frangine...

— ...

— Oui, nous, les mecs, on est trop égoïstes. Quand on a un truc qui nous fait kiffer, on oublie tout le reste.

— Dis donc, tu as bien changé, Mokhtar. Ça fait plaisir. Et toi, ça va avec Caroline ?

— On fait aller... Disons que... j'aimerais bien qu'elle s'éclate un peu plus dans la vie, si tu vois ce que ce je veux dire. Je l'aurais moins sur le dos ! »

Pendant ce temps, au salon, l'ambiance est nettement moins bavarde. En attendant le repas, Eva masse les épaules de Mima, pendant qu'Aïssa discute en aparté avec Léa de son nouveau métier de restauratrice de meubles anciens. Quant à Lila, elle pianote comme à son habitude sur son téléphone. Seule Yasmine se morfond.

Assez rapidement, Mima s'en inquiète.

« Pourquoi tu fais cette tête, ma jolie ? C'est ce qui s'est passé avec Zouleikha qui te rend si triste ?

— Oui...

— Ne t'inquiète pas, elle va s'en remettre, cette vieille chouette. Je ne pense pas qu'elle tenait tant que ça à faire le réveillon avec nous.

— Non, c'est pas ça... C'est...

— Ben c'est quoi, alors ? intervient Lila. C'est parce qu'elle t'a insultée en partant ?

— Oui...

— C'est son sport préféré ! claque Mima. Qu'est-ce qu'elle t'a dit comme méchanceté ?

— Elle m'a dit "*ihoudiya*" !

— Ha ha ha... Ne t'inquiète pas, tu sais bien que c'est une insulte qui n'a guère de sens chez nous. C'est comme "fils de chien sale", cela ne veut rien dire.

— Oui, Mima, je sais. Mais là c'est plus grave... »

Tout le monde est suspendu aux lèvres de Yasmine. Seules Eva et Léa sont encore une fois hors-jeu.

«Ça signifie quoi "*ihoudiya*"? ose finalement Eva.

— Cela veut dire "juive", répond fièrement Caroline, trop contente de montrer qu'elle maîtrise un peu d'arabe dialectal.

— Mais, attends, pourquoi dis-tu que c'est plus grave, Yasmine? veut savoir Aïssa, qui vient de se rapprocher de la table.

— C'est parce que... on a découvert récemment que mon arrière-grand-mère était juive.

— Ah, c'est bien ça! réplique Lila. Ce soir, c'est le festival des révélations. Et ça fait quoi, c'est la fin du monde?

— Tu sais... c'est pas comme si on était en paix avec les Juifs en ce moment... répond, Yasmine du tac-au-tac.

— Avec les Israéliens, tu veux dire, corrige Lila.

— ...

— Ne fais pas cette tête, ma jolie, reprend Mima après un temps de réflexion. Elle a raison, Lila, tout ça c'est de la politique. Et la politique, tu sais ce que c'est? C'est organiser la guerre des uns contre les autres. Avant que les Français viennent nous diviser, on s'entendait très bien avec les Juifs. Mon grand-père l'a toujours dit. Le problème, ce ne sont pas nos origines ni notre religion, c'est ce que l'on décide de devenir. Aux enfants, je leur ai souvent répété: l'origine c'est comme un petit enfant qui tient un ballon au bout d'un fil. Ton identité, ce n'est pas le garçon, Yasmine, c'est le ballon ! Tu as des origines, d'accord, mais tu es seulement responsable de tes choix...

— Ah, Mima ! Qu'est-ce que ça me fait du bien de t'entendre, souffle Yasmine. C'est toi la plus grande philosophe. Je t'adore, Mima ! »

Aïssa se met à ricaner tout seul. Il lève puis baisse les yeux en direction de sa mère. Il semble hésiter à dire sa blague. Lila le pousse à sortir de sa réserve.

« Vas-y ! Je sens que, toi aussi, tu en as une bien bonne à nous raconter ce soir !

— Non, ne t'inquiète pas, je n'ai rien à révéler. Je me disais juste que, nous aussi, qui sait, on a peut-être des ancêtres juifs. Si ça se trouve, on a un ancêtre qui s'appelle Eyal par exemple. Eyal, j'ai toujours trouvé ça très classe. Eyal...

— Alors, je vais t'appeler Eyal, maintenant ! Et moi, ce soir, vous pouvez m'appeler Yaël, déclare Lila d'un air bravache.

— C'est joli, intervient Léa. J'aime bien et puis c'est marrant. Yaël, c'est une anagramme de Eyal. »

Tous éclatent de rire, même ceux qui ne savent pas exactement ce que signifie « anagramme ». L'essentiel est d'apaiser Yasmine.

Radia et Mokhtar arrivent à ce moment-là. À leur

vue, les éclats de rire repartent de plus belle.

« Eh bien, ça fait plaisir... Qu'est-ce qui vous prend ? » veut savoir Rania, perplexe.

Eva, qui est aux anges depuis le début de la discussion entamée par Yasmine, lâche :

« Vous êtes trop drôles, tous les deux habillés comme ça. Vous êtes de vrais jumeaux, pas de doute. Attendez, attendez... je sais comment on va les appeler ce soir : Yotam et Sami, vous savez, les deux cuisiniers que Lila a photographiés à Londres le mois dernier.

— Ah, bien vu, Eva... Excellent même ! réagit Lila-Yaël.

— Heu pardon mais, personnellement, je ne les connais pas vos Yotam et Sami. Qui est-ce ? » demande Yasmine, ce qui arrange bien les autres. Hormis Eva et Léa, personne ne sait que Lila est allée à Londres et encore moins qu'elle y a photographié les deux célèbres cuisiniers.

« Ce sont les auteurs de *Jérusalem* ! Un super livre de cuisine, avec plein de recettes des différentes communautés qui vivent dans la vieille ville, répond Léa, bien contente de pouvoir participer à la discussion. Et, chose fantastique, il y en un qui est israélien et l'autre palestinien mais ils se ressemblent comme deux gouttes d'eau. Tu as raison, Eva, avec leurs petites lunettes et leurs tabliers, ce soir, Rania et Mokhtar méritent vraiment de s'appeler "Yotam et Sami".

— Ok, ok... Mais je n'ai pas compris, réplique avec ironie Caroline. Je l'appelle comment Mokhtar ce soir : Yotam ou Sami ? »

Mima rit doucement. Feignant de faire une confidence, elle se penche vers Eva et lui dit :

« Soyez gentils avec Caroline, les enfants. Vous allez la rendre folle. *Meskina*, elle s'est déjà convertie une fois, on ne va pas lui demander d'appeler son mari Yotam maintenant ! »

Remerciements

Ce livre n'existerait pas sans les Amazones qui m'entourent et me soutiennent. Merci à ma mère, Ghanoudja, mon éternelle source d'inspiration. Merci à Élise Thiébaut et Élisabeth Lesne pour leur aide et leurs encouragements. Et merci à Emmanuelle Collas, mon intrépide éditrice, et à sa formidable équipe, Justine, Sophie, France et toutes les autres femmes qui font vivre cette maison.

Titres
parus
aux Éditions
Emmanuelle
Collas

Djaïli Amadou Amal
Les Impatientes
Marie Bardet
À la droite du père
Babylift
Anouar Benmalek
L'Amour au temps des scélérats
Sikanda de Cayron
Le Sang des rois
Selahattin Demirtaş
L'Aurore
Et tournera la roue
Pauline Desnuelles
200 mètres nage libre
Khalil Diallo
L'Odyssée des oubliés
Dora Djann
Ouverture à la française
Cathy Galliègue
Et boire ma vie jusqu'à l'oubli

Walid Hajar Rachedi

Qu'est-ce que j'irais faire au paradis ?

Zadig Hamroune

Le Miroir des princes

Nâzım Hikmet

Lettres à Taranta-Babu

Sabrina Kassa

Magic Bab el-Oued

Un Noël chez les Zemmouri

Omar Khayyâm

Quatrains à odeur de vin et de rose

Sema Kılıçkaya

La Langue de personne

Marc Lepape

Seules les montagnes dessinent des nuages

Timour Muhidine

La Fille de l'ethnographe

Mutt-Lon

Les 700 aveugles de Bafia

William Navarrete

Vidalina

William Navarrete et Pierre Bignami

Le Tour du monde en 80 saveurs

Prajwal Parajuly

Fuir et revenir

Grażyna Plebanek

Furie

Cet ouvrage
a été achevé d'imprimer
en février 2022
sur les presses
de Normandie Roto Impression s.a.s.
à Lonrai
en France
pour le compte
des éditions Emmanuelle Collas.

Nº d'éditeur: 25
Nº d'imprimeur: 2107324
ISBN: 978-2-490155-18-7

Dépôt légal: février 2022